稲荷書店きつね堂

アヤカシたちの奮闘記

蒼月海里

ハルキ文庫

角川春樹事務所

本書はハルキ文庫の書き下ろし作品です。

INARISHOTEN KITSUNEDO
KAIRI AOTSUKI

目次

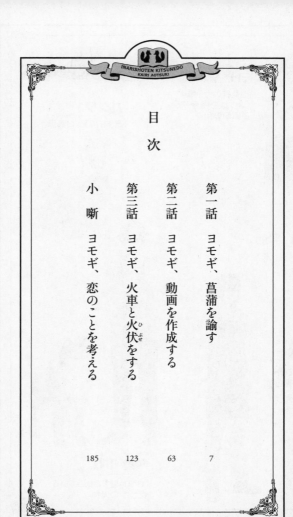

CHARACTERS
ヨモギ
稲荷神の力を借りて
「きつね堂」を手伝う
白狐像の化身。
カシワ
ヨモギの兄。白狐像。
太《た》一《いち》
書店で働く
イト書店員。
犬養《いぬかい》 千牧《ちまき》
「きつね堂」で働いている
イケメンの犬神。

イラスト／六七質

田貫《たぬき》 菖蒲《しょうぶ》

ご利益をビジネスとする
サラリーマン。狸の化身。

テラ

電脳空間に住まう電霊。
きつね堂の経理、ネット
担当。

火車《かしゃ》

罪悪感や火種に引き
寄せられるアヤカシ。
黒猫の化身。

第一話　ヨモギ、菖蒲を諭す

空は青く、澄み渡っていた。

神田《かんだ》の一角にある小さな本屋さんの店先では、小さな男の子がせっせと本を並べていた。

「ヨモギぃ、この本は何処《どこ》に置くんだっけ？」

店の中から、青年の声が彼を呼ぶ。ヨモギは、「前から二列目の真ん中あたり」と声を返した。

「千牧《ちまき》君は、力持ちで助かるよ」

ヨモギは、大量の本を抱えた青年――千牧に微笑《ほほえ》む。

千牧は指定された場所に本を置くと、「任せておけ！」と笑ってみせた。

「新刊、だいぶ入って来るようになったな」

「ちゃんと、うちの実績が認められたみたいだね」

ヨモギは、段ボールに詰められた本を見て、顔を綻《ほころ》ばせる。

「この本、一巻目をうちで仕掛けたやつなんだ。いっぱい売れたから、今回は希望数きっちり納品してくれたね」

「希望数もいっぱいで出したんだろ？　それで満数くれたの、やっぱ嬉《うれ》しいよなぁ」

『稲荷書店《いなりしょてん》きつね堂《どう》』にヨモギがやって来た時は、新刊はほとんど入荷しないし、注文数の通り入荷されないことばかりだった。

　ちゃんと新刊が入荷し、しかも、注文希望数が通るのは、実績がある本屋さんだけだった。

　それは、本が限られた部数しか刷られていないから、出版社と書店の間にいる販売会社が調整して、ちゃんと売ってくれそうな書店に届けるようにしているのである。

　だから、実績がない書店には新刊が来ない。

　結果的に、お客さんもがっかりしてしまい、客足が遠のき、その書店は経営が厳しくなるという負の連鎖になっていた。

「なんかさ。希望数をくれないって話を聞く度に、いっぱい刷れよって思うけど、そういうわけにもいかないいんだろうなぁ」

「そうだね。もし売れなかったら、出版社さんが在庫をいっぱい抱えることになるし、ままならないものだよね」

「みんな、もっと本を買って行ってくれればいいのに」

　千牧は口を尖《とが》らせる。

「今の世の中、選択肢がいっぱいあるから。若い子向けの娯楽だったら、もっと刺激的なゲームとかがあるし……」

幼い男の子の姿をしたヨモギは、若者のことを想《おも》って遠い目をした。

ヨモギは、きつね堂の敷地内にある祠《ほこら》の狛狐《こまぎつね》の化身なので、身体《からだ》は小さいが、人間の若者よりもずっと前から浮世を見ている。

「ヨモギ、めちゃくちゃオジサンっぽいな」

「えっ！　でも、千牧君の方が僕よりも年上なんじゃあ……」

なにせ、千牧は或《あ》る人間の家を代々守って来た犬神《いぬがみ》だ。おじさんを越えて、お爺《じい》さんの年齢である。

「俺《おれ》は気持ちが若いから」

「それは年寄りの台詞《せりふ》……。だけど、確かに千牧君は、見た目相応って感じだよね。すごく純粋だし、とても元気だし……」

何なら、千牧がヨモギくらいの見た目でもいいくらいだ。ヨモギが千牧を「君」付けしているのも、雰囲気の若さがゆえだった。

「もっと褒めてくれていいんだぜ！」

千牧は、誇らしげに胸を張った。

「あと、力持ちだしね。さてさて、新刊の陳列を続けようか」

「おう！」

自分もまた、新刊を運んで平台に並べた。時折、一歩下がって全体を眺め、首を傾けてみせる。

「どうよ」と千牧がヨモギに尋ねた。

「うーん。この本とこの本、そばに置いた方が売れるかも」

ヨモギは類似した内容の本を、二冊指し示す。

「よしきた」と千牧は本の束を抱え、せっせと移動させた。

「だいたいの配置は実物が来る前に考えるけど、やっぱり、現物を見ないと分からないこともあるよね……」

「だよなー。あと、意外と薄かったり分厚かったりとか」

「あるある」

ヨモギと千牧は、細かい調節をしながら新刊を並べる。

新刊は、ただ並べればいいというわけではない。

ジャンルごとに並べると、そのジャンルに興味があるお客さんが選びやすくなる。上手《うま》くすれば、まとめて手に取ってくれる可能性もあった。

なので、ヨモギは本の表紙を見て、帯を見て、裏返してあらすじを読んでから配置を決めることが多い。

「これ……、ファンタジー小説っぽいタイトルと表紙だけど、青春小説だね。こっちに並べようか」

ヨモギは、青春小説同士を並べてみせる。

「ヨモギ、これは？」

千牧は摩天楼《まてんろう》が描《か》かれた表紙の本を、目を細めて眺めている。ヨモギは、裏表紙に書かれているあらすじを二、三度読んでこう言った。

「うーん。推理小説と刑事小説の間に置いて。どっちの客層にも受けそう」

「りょーかい！」

ヨモギと千牧は、てきぱきと新刊を並べる。

希望数入って来た新刊は、お客さんの目につくように、通りに面した平台に陳列した。

「よし。これなら、続刊が出たことがお客さんに分かるぞ」

ヨモギは、お手製のＰＯＰも添えた。売り場を華やかにすればするほど、お客さんが見てくれるはずだ。

「その本、どうしてうちで売れたんだっけ」

千牧は不思議そうに首を傾げた。

別に、ベストセラー作家の作品というわけではないし、テレビで紹介されたわけでもな

「うちの周りにオフィスが多いからだよ。ランチタイムとか夕方以降によく売れてたあと、イラストが可愛《かわい》いからかな」

「ああ、それならうちに合ってるな。ヨモギが可愛いし」

「そこ⁉」

　ヨモギは目を剝《む》いた。

「だって、うちに来てた女の人が言ってたぜ。『健気《けなげ》に頑張ってるヨモギ君を見に来たの』って」

「それを言うなら、千牧君目当てで来てる人もいるんだけど……」

　千牧も爽《さわ》やかイケメンなので、千牧の笑顔に癒《いや》されに来る人も多い。

「……なんか女の人が多いなと思ったら、僕達を目当てに来てるのか」

「そうっぽいな。看板狐と看板犬じゃないか！」

「看板猫のノリで喜んでいるけど、彼女らの目当ては人間の姿だと思うよ……⁉」

　因《ちな》みに、今はオフィス勤めと思《おぼ》しき人達の姿はない。

　ランチタイムがすっかり過ぎ、店の前の通りはのんびりした雰囲気になっていた。近所のオフィスの中では、ランチタイムにやって来たお客さん達が必死に働いているのだろう。

「働いている人達、大変だなぁ」

「まあ、俺達も働いてるけどな」

「それもそうか……！」

千牧に指摘され、ヨモギはハッとした。

「なんか、すっかり日常と化してて忘れてた……」

「そういうのも、ワーカホリックの一種なんでしょうね」

第三者の声に、ヨモギと千牧は振り向く。

すると、店頭にスーツ姿の男が立っていた。

「あっ、菖蒲《しょうぶ》さん！」

化け狸《たぬき》の菖蒲だ。

ヨモギは人懐っこい笑みを浮かべて、ちょこちょこと歩み寄る。

「菖蒲さんがよく買う出版社さんの新刊が入ったんですよ！　ほらほら、見て行って下さい」

「言われなくても、そのつもりで来たので」

菖蒲は素っ気なくそう言うものの、ヨモギに導かれるように平積みされている新刊へと歩み寄った。

「わーかほりっくってなんだ？」

千牧は、きょとんとした顔で菖蒲に問う。

「仕事中毒ってことですよ。そういうのは、無自覚のうちに無理をして、いきなり倒れる

「あわわわわわ、大丈夫だってば。ちゃんと夜は寝てるし……！」

千牧はヨモギの肩をがしっと摑《つか》むと、思いっきり揺さぶる。

「マジか！　ヨモギ、今すぐ休め！　寝るんだ！」

可能性がありますからね」


た。

「まあ、程々に。危険なひとほど、大丈夫って言うので」

菖蒲の言葉に、千牧の顔が青ざめる。肩を揺さぶられていたヨモギは、ぐったりしてい

「菖蒲さんこそ、過労が心配なんですけど……」

「程々に息抜きをしてますから平気ですよ。ノマドだと、自分に必要なタイミングで休憩を入れられますし」

「そういうものなんですね……」

千牧の手からやんわりと逃れながら、ヨモギは目を瞬かせた。

「それにしても、オフィスを持たないなら、この本はあんまり興味ないですよね」

ヨモギは、仕掛けたばかりの本に視線をやる。菖蒲も、つられてそちらを見た。

「ワークスペースの整頓術ねぇ。オフィスで働いている人には売れるかもしれませんが」

菖蒲は難しい顔をしながら、本の中身を覗《のぞ》いてみる。

「ああ、でも、リモートワーク向けの整頓術なんかもあるんですね」

「シリーズ第一弾は、ほぼオフィス向けだったんですけど、第二弾は範囲を拡《ひろ》げたみたいなんですよね」

「ふむ……」

本の内容を眺める菖蒲に、ヨモギと千牧は息を呑《の》んだ。

「せっかくなので、買いましょう」

「えっ」

「ノマド向けの、鞄《かばん》の整頓術も書かれていたので。私も学ぶことがありそうなので、頂きましょう」

「有り難う御座います！」

ヨモギと千牧は、揃《そろ》って頭を下げた。新刊の売り上げがさっそく立ち、嬉しそうに顔を綻ばせる。

「あと、解説をしているゆるキャラが狸なのが気に入りましたね」

手書き感満載のキャラクターを眺める菖蒲に、ヨモギは気まずそうな顔をした。

「どうしました？」

「それ、猫みたいです……。第一弾で、『これでワガハイの寝る場所も出来たニャー』って言ってたんで……」

「でも、どう見ても狸……」

と一緒になって首を傾げていた。

「まあ、猫でも河童《かっぱ》でもいいでしょう……。内容が気に入りましたし……」

菖蒲は口では納得していたが、首は傾げたままだった。

それから他の新刊を見やり、気になったものを何冊か手に取る。

「それじゃあ、これで」

「わっ、こんなに。有り難う御座います！」

ヨモギは、再度頭を下げた。

「すげーな。すっかりお得意さんじゃないか！」

千牧も目をキラキラさせながら、菖蒲を見つめていた。菖蒲は居心地が悪そうに、鞄から財布を取り出す。

「今日は、ここで買うのが最も効率がいいからですよ。お得意さんだと思うなら、何か特典を付けて下さい」

「特典……」

ヨモギは菖蒲の言葉を復唱する。

「あっ、別に本気じゃないですからね。いくら私でも、そこまでがめついことを要求しませんから」

「いえ。以前、ポイントカードがあるから他のお店で買うって言ったお客さんがいたんです。それが、ずっと引っかかってて」

「ポイントカードなんて、大きなお店じゃないと難しいですよ。プラスチックのカードだって、システムだってコストがかかりますし」

「でも、何かお得に出来ないかなって思うんですよね。折角、菖蒲さんみたいなお客さんもいますし……」

「貴方《あなた》は律義ですねぇ」

腕を組んで考え込むヨモギに、菖蒲は言う。

だが、ヨモギは首を横に振った。

「勿論《もちろん》、お得意さんに還元したい気持ちもありますけど、お得意さんを逃したくないなって思って」

「意外と強《したた》かですね……」

意気込むヨモギを前に、菖蒲は僅《わず》かに顔を引き攣《つ》らせる。

ヨモギだって、商売繁昌《はんじょう》の御利益があるお稲荷さんの使いだ。商売繁昌に繋《つな》がることを見逃すわけにはいかない。

「このくらい小さな店だと、せいぜい、スタンプカードが関の山じゃないですかね」

「それだ！」

あまりの食いつきっぷりに、菖蒲と様子を見ていた千牧はびっくりする。

「スタンプカードですよ！　一定の金額以上買ってくれた人に、スタンプを押すんです。それで、スタンプカードいっぱいにスタンプがたまったら、きつね堂のグッズを差し上げるっていう……」

「いいじゃないか！」

間髪を容《い》れずに肯定したのは、千牧だった。目をキラキラさせ、思わず零《こぼ》した尻尾をパタパタさせている。

「やろうぜ、スタンプカード！　スタンプは肉球型にしようぜ！　狐か犬の！」

「狐か犬の肉球スタンプなんてあるかな……!?　猫ならばありそうだけど……」

「それだと火車《かしゃ》になっちまうなぁ……」

千牧の尻尾は、力なく垂れ下がる。

「まあ、どんなスタンプにするかはさておき、スタンプカードは始めたいね」

ヨモギはワクワクしながら言った。

「スタンプカードも印刷代がかかりますし、特典もタダじゃないでしょう」

菖蒲は忠告するものの、ヨモギの脳裏にはフリーペーパーを作っては持って来てくれる兎内《とうち》さんの姿が過《よ》ぎった。

「安めの印刷会社を知ってそうな人がいるので、聞いてみます。コストの計算も、得意なひとがいるので」

ヨモギは、パソコンの方をチラリと見やる。今は起動していないが、パソコンを起動すれば頼もしい仲間に会うことが出来た。

「それは何より。頼れる仲間がいて、良かったですね」

「菖蒲さんも」

ヨモギの言葉に、菖蒲は「えっ」と素に戻ってしまった。

「菖蒲さんも頼もしいです。こうやって、アイディアをくれますし」

「……別に。そういうつもりじゃないんですけどね」

菖蒲は、ばつが悪そうに目をそらす。

だが、ヨモギと千牧は温かい眼差《まなざ》しで菖蒲を見つめていた。それは明らかに、仲間に向けるものだった。

菖蒲は心底複雑そうな顔をしながら買い物を済ませ、そそくさと去って行く。そんな背中を、ヨモギと千牧はいつまでも見守っていたのであった。

菖蒲は、仲間の狸達との約束があった。

きつね堂で買った本を鞄の中に突っ込み、菖蒲はコワーキングスペースの会議室に向かった。

「遅れました」

約束の場所に着いた菖蒲は、待っていた同僚達に頭を下げた。

「いいや。ピッタリですよ」

「無事でよかった。菖蒲さんはいつも五分前に来てるから、心配してたんです」

菖蒲と同じくスーツ姿の若い男女が、洒落《しゃれ》た円卓を囲んでいた。

菖蒲は、空いていた末席につく。

進行役が上座につき、他のメンバーは来た順から上座につくというのが彼らのルールだった。

「メトロが遅れたのかい？」

隣に座っていた、小太りの若い男性が問う。すらりとした菖蒲よりも、ずっと狸らしいメンバーだ。

「いいえ。書店に寄ってたので」

「へぇ、何を買ったの？」

小太りの狸は、興味津々といった風に目を輝かせる。

「ミーティング、始まりますよ」

菖蒲はノートパソコンを鞄から取り出しながら、同僚の問いかけをさらりとかわした。

「あとで教えてくれよ」と食い下がりつつも、同僚ものたのたとノートパソコンを取り出す。

「最近、神保町《じんぼうちょう》でカレーを食べまわっているんだ。この前、真っ黒なカレーを食べてさ」

「下野《しもつけ》」

上座に座った議長の男性が、ぴしゃりと小太りの狸――下野を制した。

下野は「ごめんって」と身をすくませながら、彼の方を見やる。

議長もやはり若く、スーツをきっちりと纏《まと》って眼鏡を掛けて、インテリっぽい雰囲気を醸し出していた。

彼の名は露草《つゆくさ》。

名目上、八百八狸社の代表取締役になっているが、偉ぶることもせず、他の狸と平等な立場にいようと努めていた。

「さて、定例ミーティングを始めようか。皆の働きは、タスク管理ツールと、各々の報告書をチェックした。今月の業績だが――」

露草が話す内容を、スーツ姿の女性がホワイトボードに記していく。

彼女も若い狸で、桔梗《ききょう》といった。皆で集まる時、桔梗は、露草の補佐をするのが役目だ事前にデータで送られた資料に目を通しつつ、菖蒲は露草の話を書き加えて行く。室内には、パソコンのキーボードを叩《たた》く音が響き渡った。

まるで、パソコンが合唱でもしているようだ。

菖蒲は、この音が好きだった。

目まぐるしく変わる時代と同じ、せかせかした音だったが、確実に前進しているような気分になれるのだ。

「キーボードを叩く音って、腹鼓《はらつづみ》みたいだよな」

下野は、こっそりと耳打ちする。

「……そうかもしれませんね」

菖蒲は妙に納得してしまった。

狸が得意とする腹鼓。自然が溢《あふ》れた場所では、仲間達が集まって夜空に向かって打っていたという。

だが、故郷から離れて都会に来た菖蒲は、すっかりその音を聞くこともなくなっていた。

狸は自然と、音楽を求めるものなのだろうか。

そんなことを考えているうちに、露草の話は終わっていた。

「――というわけで、浮世で多くのご利益を還元し、我々の名を広めなくてはいけない。

すべては、我々の暮らしを良くするために」

八百八狸社にいる若い狸達は、いずれも、故郷を追われたり、東京に憧《あこが》れたり、事故などで天涯孤独になったりなど、わけありの狸だった。

彼らは少なからず神通力を持っており、それを利用して、浮世のものが積んだ徳を還元し、ご利益を授けるのだ。

そうして知名度を上げ、概念的な存在に近づき、いずれは神格化することを望んでいる。神格化すれば、生き物としての寿命以上に生きられる可能性が高くなる。

更に、祠を作って貰《もら》い、祀《まつ》られるようになれば、お供え物も貰えるし、食うに困らなくなるのだ。

だから、皆でせっせと人間に尽くしている。

露草は、人間の病気を治したことで、非常に感謝をされて霊力を得た。誰《だれ》かの中で大きな存在になればなるほど、化け狸である彼らは力を得ることが出来る。

「桔梗君は、最近、施設を作ったようだね」

露草は、ホワイトボードにマーカーを走らせていた桔梗に話しかける。

「ええ。仲間とデイサービスを始めたの。お年寄りって長く生きた分、徳をいっぱい積んでることが多いじゃない？　そういう方達から支持されることで、知名度を多く獲得することが出来るの」

いているそうだ。

「それに、お年寄りはこれから増え続けるから。仕事は大変だけど、事業自体に将来性が見込めるわ」

「流石《さすが》は桔梗君。私は地道に薬売りをしていたが、やはり拠点を作って人を集めた方が効率が良さそうだな」

露草は感心する。

「でも、薬の訪問販売も手堅くていいと思うんだけど。実際、評判はいいんでしょう？」

桔梗の問いに、露草は満更でもない顔をする。

露草の出身地は富山《とやま》だ。

彼の家族は、代々、薬草を使って薬を作り、人間と取引をすることで共存していたが、彼らのことをよく知っている人間達はいなくなり、代わりに開発によって新しい人達が来てしまった。

そんな人達と上手くやっていけなかったということで、東京まで出て来て、困っている仲間を呼び集め、八百八狸社を作ったのである。

「我々は会社という形態をとっているが、どちらかというと協会のようなものだから。自分で会社を興《おこ》したいものはどんどん興していいし、店を始めたっていい。最終的に、仲間全員が幸せになれればそれでいいんだ」

露草の柔軟な考えに、狸達は拍手をした。菖蒲もまた、そのうちの一人だった。

「カレー屋！」

菖蒲の隣にいた下野が、天啓を受けたように叫ぶ。

「……どうしたんですか。急に叫び出して」

「カレー屋だよ！　俺、カレー屋になりたい！　それで、神保町で店を出したい！」

「神保町は激戦区だぞ」

露草が苦笑する。

だが、下野の興奮は治まらなかった。

「確かに激戦区だけど、多様性があるんだ！　黒いカレーを食べたことあるか？　黒いカレーを！　見た目も衝撃的だし、味が思ったのと違って衝撃的だったけど、美味《おい》しくて衝撃的だった！」

衝撃的、を繰り返しながら、下野は黒いカレーについて熱く語る。

「あと、白いカレーもあるんだ！　シチューか!?　って思ったけど、味がちゃんとカレーなんだよ！　辛いんだよ！　あと美味《うま》いんだよ！　……ああ、カレー食べたい」

一頻《ひとしき》り叫んだ下野は、ぐったりと椅子《いす》に沈み込んだ。

「多様性はいいけど、あなたはそんな場所で個性を出せるわけ？　黒いカレーと白いカレーを越えなきゃ知名度を得られないのよ」

「そうか……！　白いカレーと黒いカレーはライバル……」

下野は頭を抱えて、葛藤《かっとう》するように身をよじり始めた。

「そう言えば、菖蒲君は気になる土地があると言っていたね」

露草に振られた菖蒲は、どきりと心臓を跳ねさせる。

だが、出来るだけ平静を装った。

「ええ、まあ」

「何でも、ご利益が集まる土地だとか。そこに祠を建てれば大きな霊力も得られるだろうから、事務所を建てて事業を始めたいと言ってたけど……」

露草は、期待の眼差しで菖蒲を見つめる。

他の狸も、一斉に菖蒲の方を見やった。下野すら、頭を抱えたまま菖蒲を見ている。

菖蒲の脳裏に、稲荷書店きつね堂が過ぎった。

「それは、まだ……交渉中で……」

菖蒲の視線が宙をさまよう。

その時だった。ズンズンという地響きが聞こえて来たのは。

「何……？」

狸達は顔を持ち上げ、鼻をすんすんと鳴らしたり耳を澄ませたりする。地響きは、足音のようだった。

やがて、足音は菖蒲達が使っている貸会議室の前で止まる。露草は思わず時計を見たが、終了時間ではなかった。

扉が開け放たれ、ぬっと会議室に入って来たのは、どっしりした身体つきの、着流しを纏った初老の男性だった。

「あ、あの……、今は我々がミーティング中なので……」

いつもは毅然《きぜん》としている露草の声は、震えていた。

男性は明らかに場違いだったが、圧倒的な気迫を持っていた。

男性は、狸達を一瞥《いちべつ》する。下野は「ひっ」と小さく叫び、菖蒲の後ろに隠れた。

「はぐれ狸が東京で徒党を組んでると聞いてやって来たが、こんな人間くさいところで人間のふりをしているとは、なんと嘆かわしい！」

「なっ……！」

男性は、彼らが狸だということを見抜いていた。

菖蒲は鼻をひくつかせる。すると、ほのかに自分達と同じ獣のにおいがした。

それも、少し饐《す》えたような、古いにおいだ。

「古狸……」

「いかにも、我は隠神刑部様の一派に所属していた南天という」

「い、隠神刑部様の……!?」

隠神刑部とは、四国最強の狸だ。八百八の眷属《けんぞく》を従え、愛媛県の松山《まつやま》城を守護し続けたという。

その評判は全国の狸の聞き及ぶところであり、隠神刑部は狸界のスターだった。そして、眷属である八百八の狸もまた、畏《おそ》れられる存在であった。

「何故《なぜ》、隠神刑部様の眷属がここに……！」

狸達は、南天のただならぬ雰囲気を悟り、頭を低くしながらも身構える。

南天は、出っ張った腹をポーンと叩きながら言った。

「今、全国で狸の住処《すみか》が減り、故郷を追われていると聞く。住処を失った哀《あわ》れな狸を保護し、愛媛でともに暮らさないかと誘っておるのだ」

それで、八百八の狸は全国を回っているのだという。

八百八狸社の面々は、にわかにざわついた。

「とはいえ、愛媛もすっかり人の住まいが増えてしまった。いずれ、我らで住まいを取り返すつもりよ」

「まさか、人間との戦争に備えて、狸を集めているのでは……？」

菖蒲が遠慮がちに、しかし、鋭く問う。

仲間達はハッとした。

保護という名目で愛媛に迎え、隠神刑部の眷属にすれば、いずれは役立つ戦士となる。戦力は多い方がいい。そして、戦力は忠実な方がいい。住むに困った狸達に住まいを与えれば、彼らは恩返しをしようと奮闘するだろう。

「我々に、隠神刑部様の恩恵は要りません。我々は、自分達の力で住処を確保し、自分達の力で仕事を得ます」

露草もまた、気を取り直して南天をねめつける。

だが、南天は「ふん」と鼻息を吐いた。

「お前達のような世間知らずの若狸、いずれ、人間に利用されて捨てられるだけだ。下手をしたら、狸汁にされるぞ！」

「お生憎《あいにく》様」

反論したのは菖蒲だった。

「人間は、もっと美味しい肉を食べてますよ。良い飼料を与えられて、丁寧に育てられた家畜の肉をね。我らのような野生の狸、食えたもんじゃないでしょう」

その背後で、下野が「はっ、狸カレー……！」と碌《ろく》でもない閃《ひらめ》きをしていたので、菖蒲は黙って脇腹《わきばら》に肘鉄《ひじてつ》を入れた。

「いい度胸だな、子狸ども……」

南天は、怒りのあまり、わなわなと震える。

「だが、お前達のにおいはよーく覚えたぞ。このまま儂《わし》に従わなければ、隠神刑部様に反旗を翻すもの達として、仲間に報告してもいい」

「なっ……」

若狸達は言葉を失う。

「そうすれば、全国の狸にあっという間に知れ渡るだろうな。お前達が、裏切り者の化け狸だということが」

化け狸の中で、隠神刑部を支持するものや、畏れるものは多い。

菖蒲達がそんな彼らに反旗を翻す存在だと広められたら、他の地方から狸が攻めて来るかもしれない。

現代社会で生き辛《づら》い狸は沢山いるし、スカウトされるほどの力はないものの隠神刑部の傘下に入りたいという狸も少なくはない。そんな彼らが、足掛かりとして菖蒲達を討伐しようとすることも充分に予想が出来た。

菖蒲達は神通力を持っているとはいえ、化け狸の中では若輩者ばかりだ。他の化け狸が束になってかかって来たら、太刀打ちが出来ないかもしれない。

仮に逃れることが出来たとしても、狸社会からは村八分となり、針の筵《むしろ》に座る気持ちを味わうことになるだろう。

菖蒲達は、苦々しい面持ちを見合わせる。

しかし、南天の話には続きがあった。

「だがまあ、我らの土地に来ないなら来ないで、それでもいい」

「えっ？」

妥協案があるらしい南天に、露草は目を瞬かせる。

「お前達は、この東京で人間に媚《こ》びへつらいながらも、それなりにやっているそうじゃないか。だったら、今後は、人間から住まいを奪うことを仕事にするといい」

「そんなこと……！」

露草は反対だと言わんばかりに立ち上がる。周りの狸も、勿論菖蒲も、露草と同じく威《い》嚇《かく》するように南天を見つめた。

だが、南天のひと睨《にら》みは、それ以上の威力があった。

「お前達は分かっていない」

「何が……ですか」

「人間が、どれだけ我らの住処を奪って来たかを。儂は東京が江戸だった頃《ころ》にも来たことがあるが、こんな有様ではなかったぞ！」

江戸だった頃に生まれていなかった狸達は、しんと静まり返ってしまう。

南天は、まくしたてるように続けた。

一池袋を見ろ！　あんなにビルばかり建って醜い姿になってしまった。江戸の頃は、あの辺に人家などほとんどなかったというのに……！」

嘆かわしい、と南天は顔を覆った。

その頃は、野生の狸も多く住んでいたという。だが、今は見る影もなかった。

「神田だって、こんなに空が狭くなかったのだ。人間は土地を奪うだけでは飽き足らず、空へ空へと住まいを伸ばしていく。今では、鳥がビルにぶつかることもあるそうじゃないか！　いずれ、お天道様すらも自分達のものにするつもりだぞ！」

南天は猛々《たけだけ》しい声で、怒鳴り散らすように言った。

確かに、昨今はタワーマンションも次々と建ち、本来、その土地に住めるはずがないほどの人間が街に溢れている。

狸達は、人間の姿をして過ごしても、住み辛いと思うことはあった。人の領域なのに、人ですら住み難《にく》い街なのだ。

「人間に開発されていない地域は、木の実や昆虫やミミズがその辺でいくらでも取れる。だが、人間に開発された場所は、多少の昆虫とアスファルトを這《は》う弱ったミミズくらいしかいないだろう。食料を得るにも、人間の通貨が無くては手に入らない！　人間の社会に合わせることを、強いられているのだ！」

誰も、南天に反論出来なかった。

八百八狸社の誰もが、それは薄々感じていたからだ。どうして、自分達が人間に合わせなくてはいけないのかと。

「これからは、儂がお前達の社長になる」

「ええっ⁉」

一同は、目をひん剝かんばかりに丸くした。

「この世は年功序列。儂がお前達のような若輩者を導いてやる！」

南天はそう言って、大きな手で露草の頭を鷲摑《わしづか》みにすると、軽々と投げ捨ててしまった。

まるで、赤子を相手にするかのように。

椅子から転がり落ちた露草を、近くにいた桔梗が抱き留める。

「いてて……」

「大丈夫？」

「私は大丈夫……。でも……」

南天は上座に、我が物顔でどっしりと座った。

「さてと、改めて自己紹介しよう。お前達の長《おさ》になる南天だ。これから、人間達から住まいを奪い返すための会議を行う」

狸達は、悔しそうに歯嚙《はが》みをしていた。だが、上座でふんぞり返る南天を、誰も止めることが出来なかった。

その後、菖蒲達は古い狸の心得をみっちりと教えられた。

貸し切り時間が終わっても講義が続いたため、コワーキングスペースのスタッフが心配して様子を見に来たが、南天は一喝して無理矢理延長してしまった。その分の料金は、露草が払うこととなった。

「横暴過ぎる」

露草は頭を抱えながら、コワーキングスペースがあるビルを後にした。

「あの古狸、東京の人間に戦争を仕掛ける時に、我々を兵として使う気ですよ」

菖蒲は、苦虫を嚙《か》み潰《つぶ》したような顔をする。

「人間と対立するなんてナンセンスだ！」

拳《こぶし》を振り上げて主張したのは、下野だった。

「人間は、あんなに美味しいカレーを作れるのに！」

「……カレーが作れれば何でもいいんですか」

菖蒲が軽く、下野の脇腹を小突く。下野は「おぅふっ」と妙な声を出したものの、気を取り直して反論する。

「カレーが作れるというより、カレーを開発したのがすごいって感じだな。カレーを開発したのがミミズだったら、ミミズを好きになっただろうし、オケラだったら、オケラを守ろうと全力になる」

「食い意地が張ったことで」

菖蒲は肩を竦《すく》めるが、悪い気はしなかった。

流れ解散になったものの、他のメンバーも親しいものと一緒にいたいらしい。

桔梗は、一緒に働いているという女子狸を慰めていた。どうやら彼女は、人間の世話をしているうちに情が移ってしまったようで、南天の言い分が悲しかったと泣いていた。

「今更、人間と狸で対立してもな……」

露草は、ぽつりと言った。

「私の一族は昔から、人間と共存しているから、住処を取り戻すために人間を追い出すという話は、あまりピンと来ないんだ。確かに、他所《よそ》から来た者と相性が悪くて故郷を去ったが、それは自分で選んだことだし」

住まいの近くに熊が多く出没するようになったので、安全のために移住したとか、多くの渡り鳥が来るようになって煩《うるさ》くなったので、精神衛生のために引っ越したとか、そのくらいの気持ちだったと露草は言った。

「環境が変わった、という認識だったな。人間に、住まいを奪われたという気はしなかった。そもそも、彼らも生きるために住むわけだろう？」

「まあ、確かに」

菖蒲と下野は頷く

「一番いいのは、自然を多く残してくれることなんだが、彼らにとって住みやすい環境というのもあるし……。そこは、お互いに妥協するしかないと思うんだ。争っても、血が流れて負の感情が渦巻くだけだろう」

「それに、我々は人間に溶け込むことも出来る。敢《あ》えて、争う必要はない、ということですね」

菖蒲の言葉に、「その通りだ」と露草は深く頷いた。

ふと、菖蒲の脳裏に、稲荷書店きつね堂のメンバーの姿が過ぎった。

ヨモギは祠の白狐《びゃっこ》だし、元々、人の願いのために生まれた存在だ。千牧は犬なので、人間と長い間、共存している種族である。

彼らは実に、人間と上手くやっていた。

ヨモギの本来の姿は人間ではないし、価値観も人間とは異なる。

千牧――というか、人間の暮らしに寄り添っている犬だって、最初から人間のパートナーだったわけではない。

彼らなりに、人間に歩み寄ったから今があるのか。

「私も、もう少し歩み寄りたいところですが……」

ぽつりと呟く菖蒲に、露草と下野は首を傾げた。

「いえ、こっちの話です。私も、事業を始めたいとは思っていたんですけどね」

「ほう」と露草は表情を明るくする。

「カレー屋？」と下野は舌なめずりをする。

「カレーじゃないです。飲食店は衛生管理がデリケートなので、避けたいところですね。ご利益を取引に使うより、もっと上手いやり方があるはず。私がやりたいのは、我々みたいなアヤカシと人間の懸け橋になれるような——」

だが、その人間に歩み寄ろうとしているせいで、今は自分達の立場が危うくなっている。人間の土地を奪えば、自分達が狸として悠々と暮らせる場所が手に入るし、狸社会でもそれなりの立場が保証される。だが、人間に歩み寄れば、狸として暮らすことすら危うくなってしまう。

本当に、歩み寄っていいのだろうか。露草達は、あまりにも人間に近づき過ぎて、自分の幸せを見失っていないだろうか。人間に譲歩するあまり、自身の幸福を犠牲にしていないだろうか。

しかし、菖蒲の脳裏には、ヨモギと千牧、そして、あのきつね堂の様子がチラついていた。彼らの、幸せそうな顔が頭から離れなかった。

一体、何が正解なのか。そして、何が本当の幸せなのだろうか。

「おい」

唸《うな》るような低い声は、南天のものだ。

「貴様、ご利益が集まる土地を知っているそうだな」

振り返ると、太陽を背にした威圧的な南天がそこにいた。彼の視線は、菖蒲に向いていた。

「……何のことです？」

「しらばっくれるな。儂が会合に顔を出す前に、そいつと話していただろう」

南天は、露草のことを顎《あご》で指す。どうやら、南天が現れる前の話も、彼の耳に入っていたらしい。

「……もし、私が知っていたらどうするつもりですか？」

菖蒲は、南天に負けじと視線を返す。

横暴であるが、流石は古狸。菖蒲は南天の鋭い視線に、身がすくみそうになっていた。

「その土地を我らの拠点にする。奪って来い」

「……！」

菖蒲は息を呑む。露草と下野は、どうしようと言わんばかりに菖蒲の様子を窺《うかが》った。

「お言葉ですが、その土地は稲荷のものです」

菖蒲の口から、自然とそんな言葉が出た。

「彼らの土地を奪うのも得策ではないかと。敵は増やすべきではないと思いますが」

「稲荷の土地だと……⁉」

南天の髪の毛が、ぶわっと逆立つ。狸の姿をしていたら、全身の毛が逆立っていただろう。

「狐こそ、昔からの怨敵《おんてき》ではないか！　やつらとはいがみ合い、時には化け比べで勝負をし、時には人間からの信仰を奪い合って来たであろう！」

南天の怒号に、菖蒲の鼓膜がびりびりと震える。通行人の人間達も、ぎょっとした顔で振り返っていた。

だが、南天が彼らを睨み返すと、人間はそそくさと去ってしまう。「ふん、口ほどにもない」と南天は鼻息を荒くしていた。

「とにかく、貴様は稲荷の土地を奪ってこい！　それまで、貴様の席はないぞ！」

真っ赤な顔で怒り狂う南天に、もはや、何を言っても無駄だった。

露草と下野が心配するように見つめる中、菖蒲は、「……分かりました」と応じたのであった。

その後、露草は南天にオフィスを探すように命じられた。

菖蒲達は解散した後、チャットでやり取りをしていた。

とのことだった。彼は、南天に素直に従うつもりはないらしい。

菖蒲の足は、自然ときつね堂に向かっていた。

空は既に黄昏《たそがれ》に染まっており、引き連れる影は長くなっている。

もし、自分がきつね堂の土地をそのままにしていたら、どうなるだろう。

南天は、早く奪えと急《せ》かすだろうか。仲間を連れて行けと、露草達を巻き込むだろうか。

それとも、自ら向かおうとするだろうか。

菖蒲の中で、そんな思考がグルグルと渦巻いていた。

菖蒲自身に急かすくらいならばいい。しかし、他者を巻き込むのはまずい。ましてや、南天がやって来たら、きつね堂を滅茶苦茶《めちゃくちゃ》にするかもしれない。

ヨモギが小さな身体で、健気に盛り立てていた場所を――。

「あっ、菖蒲さん！」

店先では、ヨモギが掃き掃除をしていた。彼は菖蒲の姿を見るなり、ぱっと表情を輝かせる。

「また来てくれたんですか？　……それとも、単なる通りすがりです？」

ヨモギはちょこちょこと寄って来て、小首を傾げてみせる。

「少々、用事が」

店内には客がいない。千牧が棚整理をしているくらいだ。そして、通行人もまばらだった。

菖蒲はそれらを確認すると、こう切り出した。

「相談があるんです」

「相談？　僕に出来ることなら、何でも」

ヨモギは、さっきアドバイスを貰ったし、と嬉しそうにしていた。彼は、菖蒲の役に立てることを喜んでいた。

菖蒲の胸の奥が、チクリと痛んだ。

しかし、菖蒲は心の中で頭《かぶり》を振り、良心を振り払う。

「店を、移転することは出来ませんかね」

「え……？」

ヨモギの表情が曇る。

店内にいた千牧は耳をぴくりと動かすと、のしのしとやって来る。

「いきなり、どうしたんだよ」

「この土地が、私には必要なので」

「お爺さんにご利益を与える代わりに、土地を譲れっていう話ですか……？」

その目には、明らかな困惑が漂っていた。

菖蒲のことを、すっかり信じ切っていたのだろう。もう、土地を奪うことはしないと思っていたのだろう。

「本当に、お人好《ひとよ》しですね。まあ、正確にはお狐好しなのかもしれませんが」

「でも、菖蒲さんはきつね堂のお客さんで……」

「そうも言っていられなくなったんですよ」

菖蒲は頭を振る。

「今ならば、お爺さんにそれなりの対価を差し上げることが出来ます。それで、店を移転させればいいじゃないですか。もっと人通りが多いところならば、貴方の稲荷パワーを使わずに客寄せも出来ますし、ご利益の節約にもなるでしょう」

「それは、そうですけど……」

ヨモギは俯《うつむ》くが、すぐに反論した。

「でも、この場所はお爺さんの思い出の場所なんです。それに、この場所だからこそ来てくれるお客さんだって、少しずつ増えているんです。移転したら、新しいお客さんにも出会えるかもしれない。でも、今のお客さんとの縁が切れるのは、悲しいです……」

オフィスが近いからという理由でやって来るお客さんや、近所に住んでいてヨモギや千牧を見に来るというお客さんもいる。

きつね堂は、そんな人達に支えられて、ちょっとずつ盛り上がりを取り戻しているところだった。

「っていうか、藪《やぶ》から棒過ぎるんだよ！　お前、ヨモギのことを応援してると思ってたのに！」

千牧は、拳を振り上げて抗議をする。

一方、菖蒲はわざとらしく鼻で嗤《わら》った。

「私は狸なんですよ。狐と馴《な》れ合うつもりはありません」

「この……！」

千牧は牙を剝くが、ヨモギが小さな手でそれを制した。

「菖蒲さん、なんか変ですよ。菖蒲さんは、そんな古い価値観にあまり縛られないひとなのに……！」

そう、これは古い価値観だ。菖蒲も、馬鹿馬鹿しいと思っている。

確かに、狐と狸の相性はいいとは言えないが、狐を伴うお稲荷さんと狸が一緒に祀られている神社もあるし、狐に好意的な狸や、狸に好意的な狐がいたっておかしくはないと思っている。

「出来るだけ穏便に済ませたかったのですが、やむを得ませんね。いつまでも優しい顔をしていると、誤解されますし」

「誤解だなんて……」

ヨモギの前で、菖蒲はスーツの内ポケットに入れていた木の葉をひらりと取り出す。それを頭にぽいと放《ほう》った瞬間、菖蒲の身体はぶわっと膨らんだ。

「なっ……」

「どうです？　これでも、私が本気であることが信じられませんか？」

ヨモギの目の前には、大狸が聳《そび》え立っていた。

大狸と化した菖蒲は、四肢で大地を踏みしめ、巻き起こる風に全身の毛を揺らしながら、獣特有の牙を剝いてみせる。

その、きつね堂の出入り口を覆わんばかりの大狸の姿を見て、ヨモギは顔を青ざめさせ、千牧がその前に躍り出た。

「こいつ……！　お前がやる気なら、俺もやってやる！」

千牧はそう言って、犬神の姿へと転じる。

大狸と化した菖蒲に勝らずとも劣らない大犬となり、牙を剝き出しにして唸る。

「来いよ、狸！　ヨモギとじいさんの店を守るためなら、お前の喉笛《のどぶえ》に嚙みついてやる！」

「流石は家守の犬神ですね。飼い主への忠義はもっと賢い形で使って欲しいものですが！」

売り言葉に買い言葉だ。

二体の化け物が睨み合い、周囲に妖気《ようき》が渦巻く。古い木造の店は濃厚な妖気を浴びて、ぴしっとかミシッという音を立て、悲鳴をあげていた。

「待って！」

ヨモギはふたりの間に割り込む。

「争いなんてしたって、しょうがないじゃないですか！　菖蒲さんにも、何か事情があるんでしょう!?」

「事情なんて……！」

いっそのこと、ヨモギと千牧に話してしまったらどうかと、一瞬だけ菖蒲は思った。

しかし、彼らを狸同士のいざこざに巻き込みたくないという気持ちもあった。

菖蒲は葛藤する。

そんな時、奥からお爺さんがのそのそとやって来た。

「あっ……」

ヨモギと千牧が、そして、菖蒲が目を丸くする。

しかし、店の主《あるじ》であり土地の持ち主であるお爺さんは、異形となった菖蒲を見ても驚かなかった。

「菖蒲さんの声がすると思って来てみたが、取込み中だったかな」

「ええ、まあ……」

虚を衝《つ》かれた菖蒲は、大狸の姿のまま、素に戻って頷いた。

「それじゃあ、邪魔者は退散しようかね。だが、その前に一言だけ言わせてくれ」

「ど、どうぞ……」

お爺さんはにっこりと微笑むと、ヨモギと千牧、そして、菖蒲を順番に眺めてからこう言った。

「今日の夕飯はカレーにしようと思うんだ。以前買っていたカレーのルーが、もうすぐ賞味期限を迎えると気付いてね。菖蒲さんも、忙しくなかったら食べて行きなさい」

「カレー……」

渦巻いていた妖気は、霧散《むさん》した。

菖蒲は人間の姿に戻り、千牧はそのまま縮み、秋田犬の姿になった。

お爺さんは、にこにこ笑っていた。菖蒲を満たしていた毒気は、すっかり抜かれていた。

「……頂きます」

気付いた時には、菖蒲は頷いていた。

ヨモギと千牧は、目を真ん丸くしたまま顔を見合わせるものの、やがて、安心したように笑い合ったのであった。

陽《ひ》が沈み、会社の退勤時間になって、オフィスから吐き出されるように人が溢れ、きつね堂もまた、お客さんで溢れるようになった。

ヨモギと千牧が並べた新刊を買う人が並び、ヨモギはせっせと会計処理を行っていた。紙袋に入れられた本を手にする人達はみんな笑顔で、帰路につくお客さんを、千牧が笑顔で見送っていた。

菖蒲は、そんな彼らをぼんやりと見つめていた。

やがて、店内のお客さんはいなくなり、ちょっと残業した人達がちらほらと駆け込んできて、その応対が終わると、閉店時間になっていた。

「電子化、したんですね」

締めの作業をするヨモギはもう、帳簿を使っていなかった。その代わり、型が古いパソコンのキーボードを、ちまちまと打っていた。

「菖蒲さんのアドバイス通り秋葉原《あきはばら》に行ったら、頼もしい仲間が増えたんですよ」

画面の中では、水色のペンギンのキャラクターが『やあ』と片手――ではなく片羽を上げて菖蒲に挨拶《あいさつ》をする。

いつの間にか、カレーのいい匂《にお》いが台所から漂っていた。

棚整理をしていた千牧は、鼻をひくひくさせてソワソワし始める。菖蒲は掃除道具が奥にあるのを見つけて、店の中を軽く掃除しておいた。

やがて、閉店作業もすべて終え、夕食の時間となった。

居間の座敷にはちゃぶ台があり、そこにカレーが四皿用意されていた。お爺さんは、「お疲れさま」と笑顔でヨモギ達を迎えてくれた。

「お邪魔します……」

菖蒲はぺこりと頭を下げた。ヨモギと千牧がお爺さんの両隣に座るので、菖蒲の席は自然と、お爺さんの向かい席になった。

一同で「いただきます」と手を合わせてから、カレーを口にする。お米はふっくらと炊けていて、滑らかなカレーを浴びて輝いていた。

菖蒲が一口頬張《ほおば》ると、スパイスのピリッとした辛さと、とろけたジャガイモの優しい食感が絶妙に絡み合い、お米のほんのりとした甘さがそれを助け、口の中を幸福感で満たした。

「美味しいですね……」

それを皮切りに、菖蒲はぽつぽつと事情を話し始めた。

仲間とともに、より良い暮らしをするために奮闘していたこと。そして、古狸の南天が古く排他的な価値観を持って来て、仲間達の頑張りを壊そうとしていること。

さらに、南天がきつね堂の敷地を狙《ねら》っていることも明かした。

ヨモギも千牧も、お爺さんも、菖蒲の話に一つ一つ相槌《あいづち》を打ち、丁寧に聞いていた。

それが、菖蒲にとって何よりも有り難かった。

「そっか……。菖蒲さんは怖い狸に脅されていて、僕達を怖い狸から逃そうとしてあんなことを……」

「それにしたって、もっとやり方があったと思いますがね。私も、冷静ではなかったんです」

しょんぼりするヨモギに、菖蒲は申し訳なさそうにそう言った。

「その満点ってやつ、みんなで倒せないのか？」

カレーを頬張りながら問う千牧に、「南天です」と菖蒲は訂正した。

「彼の背後には、隠神刑部一派がいますからね。人間でいう、永田町《ながたちょう》を敵に回すようなものです」

それを聞いたヨモギは震え上がり、お爺さんは困ったように眉間《みけん》に皺《しわ》を刻んだ。

言った

「私が店を移転させれば、菖蒲さんは危ない狸達を敵に回さずに済むのかな」

お爺さんは、菖蒲にやんわりと問う。

だが、菖蒲は首を横に振った。

「いいえ。ヨモギの言った、この土地ならではのお客さんがいるというのも事実です。せっかく築いた縁なので、ここに居続けた方がいいと思う——というのが本音です。祠の移動も、しかるべき儀式をしなくてはいけないですし」

自分の提案が現実的ではないということは、薄々感づいていた。だが、南天の存在も無視出来なかった。

「でも、この土地を得ないと、会社で菖蒲さんの席もないままなんですよね……」

ヨモギは、恐る恐る尋ねた。

「そうらしいですね」と菖蒲は他人事《ひとごと》のように言った。

「菖蒲さんは、これからどうしたいのかな？」

お爺さんはカレーを食べることも忘れ、身を乗り出さんばかりに菖蒲に問う。

お爺さんの目は、真《ま》っ直《す》ぐに菖蒲のことを見つめていた。相手は化け狸だと知っていても尚《なお》、真摯《しんし》に相談に乗ろうとしているのだ。

「これから、どうしたいか……」

菖蒲もまた、お爺さんに応《こた》えるように、真剣に思考を巡らせる。

カレーで少しお腹が膨れたのと、話を聞いて貰ったお陰で、不思議なくらい頭の中はスッキリしていた。

「私は、住処を追われた仲間にも、住みやすい世の中を作りたい」

頭の中に浮かんだのは、露草や下野、桔梗達の姿だった。

彼らが住みやすい場所を探しているように、他のアヤカシだって、そんな場所を求めているはずだ。

「そのためなら、狸の中からあぶれてもいいんです。だから、会社にいること自体にはこだわらない。……隠神刑部の一派の中にいれば安泰かと思った時期もありましたが、あまりにも価値観が古いと摩擦が生じますしね」

「それなら、独立することも吝《やぶさ》かではない、と」

お爺さんの言葉に、菖蒲はハッとした。

「独立……」

露草は、自分で事業を興してもいいと言っていた。今こそ、その言葉を実行すべきではないだろうか。

「それは、有りですね……」

「おっ、何やるんだ？」

だが、菖蒲の中に大まかな目的はあるものの、明確なビジョンが浮かんでいない。

「私は何だかんだ言って、仕事をするのは好きなんです。だから、住みやすい世の中を作ることを仕事に出来るならばいいですね。そこで知名度が上がるのならば、万々歳です」

長生きをしたいですし、と菖蒲は付け加える。

お爺さんは、「ふむふむ」と頷きながら、どうやったら菖蒲の目的が果たせるかを考えているようだった。

そんな中、ヨモギは「あっ」と声をあげる。

「どうしたんだよ？」

「千牧君、髪切りさんのこと、覚えてる？」

「ああ！」

千牧もピンと来たらしい。

ヨモギと千牧からその時の出来事を聞いていたお爺さんも、「ほほう」と察する。

不思議そうにしている菖蒲に、ヨモギは髪切りの一件のことを話し始めた。

神田に髪切りというアヤカシが昔から住んでいたこと。そして、最近は髪切りを知っている人が少なくなって、すっかりしぼんでしまっていたこと。

だけど、ミニコミ誌で怪談を取り上げたり、髪切りが載っている本を買って貰い、髪切りを知って貰ったりすることで、存在を維持しようとしたことを。

「成程。本もまた、知名度を上げることに繋がりそうですしね。今はインターネットが発達して、動画がかなり強くなっていますが、本はその場にとどまりやすい……」

菖蒲も仲間達とインターネットを駆使しているので、ネット事情は知っていた。

動画は訴えかけて来る力が強いが、刹那《せつな》的でもあった。インターネットを媒体としたものは過去に流れるのも早い。どちらかというと概念寄りであり、認知されなければ存在しないも同じだ。

だが、本は物理的な存在感とともに、その場に残り続けることが出来る。

出版から何十年も経《た》った本が、古書店で新たな客に手に取られることもあるし、新刊書店で奇跡的に残っていることもある。

「本を作りたい」

ぽそっと菖蒲が呟くと、「へ？」とヨモギ達は目を丸くした。

「本を作りたいですね。現代で住み辛くなったり、消えそうになったりしているアヤカシ達を取り上げるような本を」

「ということは、菖蒲さんが作家に……」

期待の眼差しを送るヨモギに、菖蒲は首を横に振った。

「プロデュース？」

「そういう本を、積極的に出版出来るような環境を作りたいんですよ。自分の半生を語りたいアヤカシもいるでしょうし、アヤカシの話を書きたい人間だっているでしょうからね。アヤカシ達の本を、アヤカシに興味がある人々に届けるんです」

より多くの人に届けることが出来れば、アヤカシの知名度が上がって寿命が延びる。結果的に、住みやすい環境を得られるものだっているだろう。

それを聞いたヨモギと千牧は、ぱっと表情を輝かせた。

「それ、いいじゃないですか！」

「狸の出版社とか、楽しそうだな！」

「何を以《も》って楽しそうというのか分かりませんが、まあ、やり甲斐《がい》はあるでしょうね」

やり甲斐。そこに、菖蒲の覚悟があった。

ヨモギ達が必死に頑張っていることや、世知辛い環境に揉《も》まれていることは知っていた。

書店が大変ならば、出版社だって簡単ではない。

それは分かっているのに、菖蒲は道を覆っていた霧が引いた時のように、晴れやかな気分であった。

「本を作る仕事か。それは、素敵だね」

お爺さんは、目を細めて微笑んだ。

菖蒲の前進を、祝福するかのような笑顔だった。

「どうも」と菖蒲は頭を下げると、あとはひたすら、カレーを口の中に掻《か》き込んだのであった。

夜空は晴れ渡っていて、東京都心だというのに星がチカチカと瞬いていた。

飛行機が羽田《はねだ》空港に向かうのを、菖蒲はぼんやりしながら眺めていた。

「菖蒲さん」

名前を呼ばれ、菖蒲は振り向く。

そこには、ヨモギがちょこんと立っていた。

「お騒がせしました。貴方のお爺さんにも、申し訳ないことをしたと思っています」

菖蒲は素直に謝罪する。だが、ヨモギは首を横に振った。

「いえ、お爺さんも話が聞けて楽しそうでしたし、何より、菖蒲さんがすっきりしたみたいなので良かったです」

「土地を奪おうとした相手をそこまで気に掛けるとは、何処までお人好しなんだか」

「えへへ……」

「……それなんですが、どうしたものかと思いましてね」

菖蒲は自分の道を見つけた。しかし、南天は相変わらず、きつね堂のことを諦《あきら》めないだろう。

「その南天さんは、きつね堂を知ってるんですか？」

「場所は知らないはずですが、神田を歩いているうちに気付くでしょう。私ですら、この土地に溜《た》まる力に気付いたんです。古参の狸が気付かないはずがない」

菖蒲は、ちらりと祠の方を見やる。だが、祠を守る小さな白狐に睨まれたような気がして、ひょいと肩を竦めて目をそらした。

「とはいえ、優秀な番犬がいることですし、意外と追い返せるかもしれませんね。その時、我々を使って攻め込もうとするかもしれませんが――」

「が？」

ヨモギは息を呑む。

「のらりくらりと誤魔化しますよ。私の仲間は考え方が柔軟なので、狐を目の敵にしたりしません。彼らを説き伏せておきましょう」

「有り難う御座います……」

ヨモギは、ほっと胸を撫《な》で下ろした。

「貴方は、お爺さんを大切にして下さいね」

「それは勿論！」

ヨモギは背筋を伸ばし、シャキッと敬礼してみせる。

「あの老人、私のあの姿を見ても眉《まゆ》一つ動かさなかった。それどころか、カレーを振る舞う始末。お陰様で、すっかり気勢《きせい》がそがれました」

お爺さんがいなかったら、あの後どうなっていただろう。千牧と全力でぶつかり合っていたのだろうか。

菖蒲は、そうならなくて良かったと心底思っていた。ヨモギが悲しむ姿が、容易に想像出来たから。

「どんな恫喝《どうかつ》や脅しよりも、優しさが一番強いのかもしれませんね」

お爺さんならば、南天を説得することも出来るかもしれない。菖蒲は、そんな気すらしていた。

そして、かつて石像だったヨモギがこうして男の子の姿をしているのも、お爺さんの優しさが成した奇跡なのかもしれないと思った。

「出版社が出来るまで、どうするんですか？」

ヨモギの問いに、「どうしましょうかねぇ」と菖蒲は呟いた。

です。だから、時間が要りますし……」

菖蒲は少し考え込んだ後に、こう言った。

「その間、仲間を説得しつつ、会社関係はほどほどにやりましょうか。幸い、この土地が確保出来ないうちは、私のデスクはないようですし。出社をする必要もなさそうだ」

「えっ！　そ、それでいいんですか⁉」

ヨモギはぎょっとする。だが、菖蒲は、いけしゃあしゃあと言った。

「大人の世界では、テキトーにやるというのも大事です。オフィスだってすぐに見つかることもないでしょうし、時間は稼げるでしょう」

「悪い大人……」

「賢い大人と言って下さい」

若干引き気味のヨモギに、菖蒲はぴしゃりと言った。

周辺のオフィスには、ちらほらと明かりが見えるが、ほとんどの人間は帰ったらしい。向かいのお店もきっちりと閉まっており、居間があると思しき奥の方から明かりが漏れているだけだった。

ひんやりとした夜風が、ふたりの頬を優しく撫でる。

風は、色々な家庭の夕飯の香りを運んで来てくれた。菖蒲は、カレーを食べたばかりだというのに、またお腹が空いてしまった。

「もし、出版社を作ったら――」

「はい」

ヨモギは、じっと菖蒲のことを見つめながら続けた。

「稲荷書店きつね堂にも、本をちゃんと卸して下さいね」

「それはもう」

菖蒲は頷いた。

すると、ヨモギはパッと表情を輝かせた。

「直販が出来るなら、段ボールに詰めた本をそのまま持って行きますよ」

「本当ですか⁉ あっ、でも、本当に出来るのかな。三谷《みたに》お兄さんに聞いてみよう……」

ヨモギは喜んだり、慎重になったり、表情をころころと変えてみせた。そんな様子を見て、菖蒲は思わず、くすりと微笑んでしまう。

それを見たヨモギも、つられるように表情を緩めた。

「菖蒲さんの出版社の特設コーナーが作れるように、頑張りますね。具体的には、特設コーナー用の什器《じゅうき》を買えるくらいに……」

「そこまでしなくてもいいですよ。本を置いて貰えるだけでも上々です」

棚の片隅に差して貰えれば、と菖蒲は言うものの、ヨモギはくわっと目を見開いてみせた。

「駄目です！」

ヨモギは勢いよく菖蒲に詰め寄る。興奮のあまり、ヨモギからは狐の耳と尻尾がはみ出していた。

「平積みや面陳にしたのと、棚差しにしたのでは、売り上げがどれくらい違うか知ってますか？　棚差しにしてしまったら、お客さんに見える部分は背表紙だけなんですよ！　表紙に描かれたカバーイラストや、帯に書かれた売り文句も見えなくなってしまうんです！」

「は、はあ……」

菖蒲自身、全く想像が出来ないわけではなかったし、遠慮のつもりだったのだが、ヨモギの商魂にすっかり火をつけてしまったらしい。はみ出た耳の毛は逆立ち、ふさふさの尻尾もピンと立っている。

「背表紙だけで、お客さんをどう引き付けるか。タイトルで引き付けたり、背表紙の部分の帯も工夫することは出来ますけど、帯の面積なんてわずかしかないわけです！　そんな分が悪い勝負をするよりも、面陳か平積みですよ！　特設コーナーを作ると、更に目に見えて売り上げが変わります！」

ヨモギは、自分が特設コーナーを作って仕掛けた本が、どれくらい売り上げを伸ばしたかを懇切丁寧に、やや興奮気味で語りまくる。

騒ぎを聞きつけて千牧が様子を見に来たが、「おー、やってるやってる」と言って引っ込んでしまった。

「……貴方は、私よりもよっぽど商売人ですね」

いや、商売狐か。

未だかつてないほど怒濤《どとう》の勢いで喋《しゃべ》るヨモギに、菖蒲は、「そうですか」「そうなんですね」と相手を刺激しないように相槌を打っていた。

ここまで真剣で熱心ならば、きつね堂はこれからも成長するだろう。

だったら、自分もこの店に本を置けるように、頑張らなくては。

菖蒲は改めて決意をして、空に浮かぶ星を見上げた。

そんな彼に、「菖蒲さん、特設コーナーのＰＯＰの数について語ってる途中ですよ！」

とヨモギがぴょんぴょん跳ねて自己主張していたのであった。

第二話　ヨモギ、動画を作成する

ヨモギは毎朝、きつね堂の敷地内にある祠《ほこら》に挨拶《あいさつ》をしていた。祀《まつ》られているお稲荷《いなり》さんと、祠を守っている兄のカシワに対してである。

「というわけで、菖蒲さんも大変みたいなんだよね。でも、出版社を作ってくれるなら、とっても頼もしいな」

ヨモギが菖蒲の一件を語ると、カシワは、「ふむ」と相槌《あいづち》を打った。

――菖蒲が会社を興《おこ》す頃《ころ》には、きつね堂をもっと繁昌《はんじょう》させていないとな。そうじゃないと、恩が売れないぞ。

「恩って、兄ちゃん……」

ヨモギは苦笑する。

カシワも、「冗談だよ」と言った。

「まあ、繁昌させるに越したことはないけどね。色々な手応《てごた》えも少しずつ感じているし、この調子で頑張る」

ヨモギは、ぎゅっと拳《こぶし》を握ってみせた。

――そう言えば、ＳＮＳってやつの方はどうだ？

「そっちも毎日更新してるし、少しずつフォロワーさんも増えてる。でも、もうちょっと反応が欲しいかな……」

この場合の少しずつとは、本当に微々たるものだった。

どれだけ、お店のＰＲになっているのか分からない。

――インターネットのやり方は、俺《おれ》はそんなに詳しくないからな。『三谷お兄さん』に聞いてみたらどうだ？

「うん、そうだね」

ヨモギは素直に頷《うなず》いた。

ヨモギもインターネットをそれほど利用しないので、これ以上の案は思い浮かばなかった。

「インターネットは全国と繋《つな》がってるし、上手《うま》く使えば頼もしい味方になると思うんだ」

――外国にも繋がっているしな。

「外国人のお客さんが来ても、僕は応対出来ないんじゃあ……」

外国語が喋《しゃべ》れないよ、とヨモギは苦笑する。

――外国語ってどうなんだろうな。俺達の神通力でどうにかならないのか？

言葉を物理的に発するだけではなく、神通力を交えて発するというのがカシワの案だった。

その場合、音だけではなく意味をダイレクトに伝えることが出来るかもしれないので、言語が異なっていてもニュアンスは通じるかもしれないとのことだった。

「稲荷神さまを信仰している人になら通じるかもしれないけど、他の宗教の人はどうだろう……。僕達の神通力は、稲荷神さまの力だから……」

——確かに。神通力を使ったら、稲荷神さま語になるわけか……。

しかも、お稲荷さんと一言で言っても、祀られている神さまが異なる場合もある。

ヨモギ達の祠に祀られているのは神道の宇迦之御魂神《うかのみたまのかみ》だが、仏教施設では荼枳尼天《だきにてん》を祀っているところもある。

「あれ？　国内でも意外と通じないかも」

——うーん、残念。あとは、どれくらいの信仰度で通じるか気になるよな。お参りをすれば通じるんだったら、外国人観光客はいける気がする。

「とは言っても、うちには観光客は来ないけどね……」

ヨモギは今まで、観光客の応対をしたことがなかった。

神田自体は観光施設もあるし、秋葉原も近いので、それなりに外国人観光客が来るのだが、きつね堂は観光施設に隣接しているわけではないので、わざわざやって来ないのである。

——ああ。でも、頑張り過ぎるなよ。お前は頑張り屋だから、無理をしそうだし。何なら、ずっと仕事をしてそうだし。

「ワーカホリック」

——そうそう、それ。

菖蒲に言われた言葉は、的を射ていたらしい。

「……意識して休むようにするから」

ヨモギは、自らの肝に銘じるようにそう言った。

といっても、休んでいる時にもきつね堂のことを考えてしまいそうだな、とも思ったが。

ランチタイムが過ぎ、街に溢《あふ》れていた人々はオフィスの中へと帰って行く。きつね堂にも静寂が訪れたタイミングで、ヨモギは休憩をとった。

神田から神保町へと向かう道も、すっかり慣れてしまった。

靖国《やすくに》通りのカーブした道は、相変わらず車の往来が激しかったし、ところどころにある古書店やスポーツ用品店なども、変わらぬ佇《たたず》まいだった。

営業マンと思《おぼ》しき人が、スーツ姿で携帯端末と話しながら歩いている。

ふと、ヨモギは菖蒲のことが気になった。

彼は、元気にしているだろうか。古狸《ふるだぬき》に苛《いじ》められていないだろうか。

そんな不安が過《よ》ぎるものの、菖蒲はヨモギよりもしっかり者だ。上手《うま》くやっているだろうと、彼を信じることにした。

「菖蒲さんが出版社を作る頃には、頼れる本屋さんになっているようにしよう……！」

カシワとの会話を思い出す。

また一つ、ヨモギに目標が増えた。

お爺《じい》さんの思い出のお店を盛り上げて、更には全盛期の頃よりも大きくして、いずれは建て増しをして――。

「これくらいに……」

ヨモギは、神保町のランドマークの一つと化している新刊書店のビルを仰ぐ。

巨大な看板をてっぺんに載せた八階建てのビルは、ヨモギが思いっ切り見上げないと見渡せなかった。

「いや、大き過ぎかな……」

ヨモギは冷静になる。

確か、このお店も長い年月と膨大な努力を経て、ここまで大きくなったのだ。いきなり目標にするには、ハードルが高過ぎる。

壮観だった。

売り場に飾られている、書店員さんが書いたと思しき手作りPOPに目が行った。

黒と赤で文字が書かれたシンプルなものだったが、不思議と、視線がグイグイと引き付けられる。

「シンプルでも力があるPOPって、なかなか作れないんだよね……。でも、文字数を減らせば情報量が少なくてインパクトが出て……」

「よぉ、視察か？」

「ひょえぇ！」

背後から声を掛けられて、ヨモギは思わず悲鳴をあげてしまった。

しかし、その声には聞き覚えがあった。

「三谷お兄さん……！」

振り返ると、そこにはひょろりとした猫背の男性書店員が立っていた。いつも、あまり生気のない目つきをしているが、今日は一段とその度合いが強い。

「……お疲れですか？」

「レジに入ってたから。ランチタイムは、やっぱりしんどいな」

三谷は、深い溜息《ためいき》を吐《つ》く。

「心中お察しいたします……」

ヨモギもまた、ランチタイムのお客さんを捌《さば》いて来たばかりだった。

「ヨモギのところも、人がいっぱい来るようになったのか」

「ええ。以前に比べたら、だいぶ増えましたね」

「忙しいのはしんどいけど、いいことだよな」

三谷の目に、生気が戻る。

少しずつ繁昌するようになったのを喜んで貰《もら》えたようで、ヨモギもまた、嬉《うれ》しそうにはにかんだ。

「あ、そうだ。今日はPOPの勉強をしに来たんじゃなくて、三谷お兄さんに相談をしたくて……」

「へぇ。それじゃあ、ちょっと待ってろ。俺、今から休憩だからさ」

三谷はそう言って、エスカレーターを大股《おおまた》で駆け上がって行った。

ヨモギは三谷を待ちながら、レジの方を眺める。

ずらりと並んだレジの前には、お客さんがまばらにいた。ランチタイムが過ぎたので、少し落ち着いたのだろう。

中には、カゴいっぱいに本を詰め込んでいる人もいる。重そうだが、幸せそうでもあっそうだな、とヨモギは同情してしまう。

書店では、色々な人が色々な本を手に取る。そこに込められた想《おも》いを想像するのが、ヨモギにとって楽しかった。

いつだったか、凄惨《せいさん》な事件を取り扱った推理小説を、ピンクの包装紙でラッピングしてくれと頼む青年がいた。恐ろしげな内容の小説に対して、ピンクの包装紙とはギャップがすごいなと思ったけれど、恋人への誕生日プレゼントなのかもしれないと思い至り、丁寧にラッピングをした覚えがある。

そんな風に、お客さんとお客さんが選んだ本と、触れ合うことの出来る時間が楽しかったし、やり甲斐《がい》が感じられた。

「お待たせ」

程なくして、エプロンを脱いだ三谷が、ビニール袋を手にして現れた。

「ウッドデッキでいいか？」

三谷は、新刊書店の外を顎《あご》で指す。

「何処《どこ》でもいいです！　お邪魔でなければ！」とヨモギは答えた。

「それじゃあ、ウッドデッキで」

ヨモギと三谷は、並んでウッドデッキへと向かう。

ウッドデッキは、新刊書店を出たところにあった。

植樹を囲むように円形のベンチがあり、そこで購入した本を読んでいる人や、死んだように眠っている人もいた。

外は日差しが気持ちいい。

爽《さわ》やかな風が、古書の香りを運んで来る。これは、古書店街がある神保町独特の匂《にお》いだった。

「昼飯食べながらでいい？」

三谷は腰を下ろし、ビニール袋を揺らす。

「勿論《もちろん》！　どうぞどうぞ、召し上がって下さい！」

「それじゃあ、遠慮なく」

三谷が取り出したのは、コンビニのおにぎりだった。ツナマヨのおにぎりの包装を剝《は》がしつつ、三谷は問う。

「で、相談って？」

「それがですね……」

ヨモギは、朝にカシワと話したインターネットでのPRについて三谷に伝える。三谷は、ツナマヨのおにぎりを頰張《ほおば》りながら、ふむふむと耳を傾けていた。

「全国にアピールねぇ。立地自体は悪くないし、それが出来る[illegible]

も、無理な話ではない。

「問題は、その方法か」

「そうなんですよね。ＳＮＳも、どのくらい反響があるのか分からなくて」

「お客さんが全員、来店動機を教えてくれるわけでもないしな。因《ちな》みに、フォロワーはどれくらい？」

三谷は、自分の携帯端末できつね堂のＳＮＳアカウントを検索する。

「そのくらいです……」

「ああ。そこそこ無難ってところか……」

多いわけではないが、少ないとも言い難《にく》いという数字だ。それぞれの投稿に添えられた、『いいね！』の数も、そのくらいである。

「何か、判断し難いな……」

「ですよね……」

三谷とヨモギは、携帯端末の画面を眺めながら唸《うな》ってみせる。

「でも、ちゃんと反応があるのはいいな。ＳＮＳの更新は続けた方がいいと思う」

「はい！」

ヨモギは、背筋をピンと伸ばす。

「ヨモギはマメだから、広報は向いてるよな。だからこそ、ちゃんとフォロワーからの反応が来るんだと思う。SNSの更新を待ってるフォロワーは、確実に何人かいるぜ」

「えへへへ……」

ヨモギは照れくさそうに、顔を綻《ほころ》ばせた。

「今は店内の写真とか周辺の写真が多いけど、動物の写真を入れてみたらどうだ？　もふもふ要素は受けると思う」

「はっ、千牧君……！」

ヨモギは、千牧の秋田犬特有の、もふもふした姿を思い出す。あのふさふさの毛並みと、むくむくした身体《からだ》は、お好きな人にはたまらないだろう。

現に、ヨモギもすっかり、犬の姿の千牧に魅了されていた。新刊を出すのに疲れた時は、千牧に頼んで顔を埋《うず》めさせて貰っている。あのもふもふに顔を埋めると、幸福感でいっぱいになって、疲労など吹き飛んでしまうのだ。

「千牧君の毛並み、すっごくふさふさのもふもふなんですよ……。手を入れると沈み込んでしまうくらいに……。あれは、魔性の毛並みだと思います……」

「そうそう。そういうのを共有してみたらいいんじゃないか？　動物には一定の需要があるし」

だが、三谷は難しい顔をした。

「狐《きつね》も人気があるけど、珍し過ぎるからな……。変な風に目を付けられないか、心配でもあるな」

諸刃《もろは》の剣《つるぎ》だ、と三谷は言った。

「諸刃の……」

「ヨモギは小さいから、誘拐されたら大変だし」

誘拐、という言葉に、ヨモギは震え上がる。

「そ、それは困ります……！　お店のことが出来なくなっちゃう！」

「心配するのはそこなのか……？」

三谷は首を傾《かし》げる。とにかく、写真をアップするならば、飼い犬としても一般的な千牧が適切ということで話が収まった。

「あとは、動画かな」

「動画？」

三谷のアイディアに、ヨモギは目を丸くする。そう言えば、菖蒲も動画が強いというようなことを言っていたなと思い出した。

「そう。最近は、ユーチューバーとして活動している人が増えてるしさ。動画投稿サイトも若い人に人気だし、動画でアピールする時代が来たのかなと思って」

「ほほう……？」

ヨモギは首を傾げながらも、前のめりになって耳を傾ける。

「ヨモギは、あんまり動画を見ないのか」

「見ないですね……」

「まあ、そもそも爺さんが動画と無縁そうだもんな」

三谷は、納得したように頷く。

「ちょっと前までは、アマチュアが面白い動画を作ってアップする場って感じだったんだけどさ、最近は、テレビで活躍しているお笑い芸人なんかも登録して、テレビではやらないようなことを動画にして、アップしてたりするんだ」

「えっ、テレビで活躍している人も……？」

ヨモギはお爺さんとテレビを見ることもあるので、テレビで活躍しているお笑い芸人は、多少知っていた。

三谷は何人か芸人を挙げたが、その中で、ヨモギが知っている名前が幾つもあった。

「本当に、テレビでよく見る人達だ……」

「そうそう。そういう人達の、新たなる表現の場になってるのさ。芸人さんが一人でキャ」

「一人でキャンプをするのは、本になっていたような……」

ヨモギは新刊として店頭に並べた覚えがあったし、お客さんが喜んで買って行ったのを覚えている。

「そう。動画が人気になって書籍化する、っていう流れもあるな」

「ということは、今は動画が最先端になっているっていう……」

「うーん。動画も、ってところだろうな。物事が多様化したから、色んな媒体からヒットが生み出されているんだと思う」

SNSでアップされていた漫画が人気になって、書籍化したという例も沢山ある。インターネットの投稿サイトで人気を博した小説が書籍化されている例もある。

「うーん。インターネットは、もっと勉強した方が良さそうですね……」

ヨモギは頭を抱える。

そんな彼に、三谷はやんわりと言った。

「とはいえ、ネットの世界って広いから、全部チェックするのは現実的じゃないな。自分が気になるものだけをチェックして、好きなものに強くなった方がいいと思うぞ」

「好きなものに強く……」

「そう。本屋も多様性の時代だしな。きつね堂なりの強みっていうのを、これからも追い続けるといい」

「そうですね」

ヨモギは深々と頷いた。

「そうだ。もし動画を作るなら、撮影機器がないとどうしようもないんだけど、スマホは持っているのか？」

「僕達は持ってないんですけど、お爺さんのスマホがあるので」

「えっ、爺さんは持ってるのか」

三谷は目を丸くする。

「何でも、息子さんに持たされたとかで。僕がSNSにアップしている写真も、それで撮っているんですよ」

「あー、成程な。それなら、動画も撮れそうだ」

「ですよね。試してみます！」

三谷のお陰で、ヨモギは今後の方針が見えて来た。

やっぱり頼もしいな、と思いながら、ツナマヨのおにぎりを完食してペットボトルのお茶を飲む三谷を眺める。

「ん、どうしたんだ」

「いや、流石《さすが》は三谷お兄さん……って思いまして」

一褒めてる作を出たいね」

三谷は、表情少なにさらりと返す。

クールだなぁ、とヨモギは感心した。

「あ、そうだ。うちで、スタンプカードをやろうと思うんです」

お爺さんに話したところ、快諾《かいだく》してくれた。なので、今はスタンプはどんなのにしようかとか、カードのデザインはどうしようかという話をしているところだった。

「へぇ、スタンプカードか。それはいいな。手作り感もあるし、きつね堂に似合うと思うぞ」

三谷の表情が乏しい顔が、ふっと明るくなる。

そんな様子を見ていると、きつね堂の成長を、三谷が心底祝福してくれていることが分かって、ヨモギは嬉しかった。

それから、お互いの休憩時間が終わるまで、ヨモギと三谷はすっかり話し込んでしまったのであった。

きつね堂に戻ると、ヨモギは早速、千牧に三谷のアドバイスを話した。

「へー、動画かぁ。俺も見たことなかったな。見てみようぜ！」

千牧は、好奇心のあまり目をキラキラさせる。お客さんもあまり来ない時間帯だったので、丁度良かった。

「あっ、その前に犬の姿になって」

「えっ、なんでだよ」

ヨモギは、お爺さんから借りた携帯端末のカメラを千牧に向ける。千牧は不思議そうに首を傾げながらも、素直に応じた。

「もふもふ要素があるといいんだって。だから、千牧君の姿もSNSにアップしようと思って」

「ふーん。それはいいけど、ヨモギだってもふもふじゃないか？」

「僕は珍し過ぎて誘拐されるみたい……」

ヨモギは震えながら言った。千牧も、「それはまずいな」と震える。

「ほら、カッコよく撮ってくれよ！」

犬の姿になった千牧は、むくむくした四肢で大地に踏ん張る。

ヨモギはその周りをウロウロしながら、魅惑の毛並みが美しく撮れるアングルを探した。

「うん。これなら可愛《かわい》い」

パシャリと一枚撮って、ヨモギは満足そうに頷く。

「可愛いじゃなくて、カッコよく撮ってくれよ！」

見えないので、ヨモギは試しに、カメラ機能で動画を撮影してみた。

「よし……」

「今度はカッコよく撮れたか？」

「……うん、まあ」

ヨモギは録画した動画を再生してみる。

すると、思った通り、大きな秋田犬がじゃれつくような動画が撮れていた。千牧は前脚でヨモギによじ登りながら、携帯端末を覗《のぞ》き込む。

「カッコイイじゃん！」

「気に入って貰えて良かった……」

ヨモギ的には可愛いと思うのだが、千牧的にはカッコイイらしい。動画は音声も入ってしまったので、写真だけをＳＮＳにアップした。

「あっ」

すると、すぐに『いいね！』をされた。

あまりの反応の速さに、ヨモギと千牧は顔を見合わせる。

「これって、俺がカッコいいっていうやつ？」

「カッコいいか可愛いかは分からないけど、いいねとは思ってくれているみたい」

そのうち、拡散してくれる人も何人か現れ、千牧の写真は瞬く間に多くの人に見られることとなった。

未《いま》だかつてない反応に、ヨモギの心境は複雑だった。

「三谷お兄さんのもふもふがいいっていうアドバイス、本当だったんだ……」

今まで、写真のモチーフやキャプションを必死になって考えていた。だけど、試しに撮った千牧の写真に、こんなに反響があるなんて。

キャプションだって、「うちの店の子です」としか書いていないのに。

フォロワー数も、短時間でぽつぽつと増えた。一日経《た》ったら、もっと増えているかもしれない。

「これってもしかして、千牧君の写真をアップしまくったら、見てくれる人も増えるんじゃあ……」

ヨモギの手が、わなわなと震える。

「でも、俺の写真ばっかりになったら、きつね堂のアカウントじゃなくて、俺のアカウントになっちゃわないか？」

「はっ！」

千牧の心配そうなツッコミに、ヨモギは冷静になった。

飽くまでも、きつね堂を盛り上げることが最大の目的だ。

「でも、SNSって怖いね。『いいね！』をいっぱいされて、フォロワーさんが増えると、気持ちが大きくなって……」

「ヨモギには、俺がいっぱい『いいね！』してやるからさ」

SNSのことなんて気にするな、と言わんばかりに、千牧は前脚の肉球で、ぺたぺたとヨモギの腕に触る。千牧なりの、『いいね！』のつもりなのだろうか。

「千牧君は、本当にいい子だよね……」

「ま、多分俺の方が、ヨモギよりもお兄さんだけどな」

ほろりと涙を流しそうになるヨモギに、千牧はからりと笑った。

ヨモギは一先《ひとま》ず、SNSのアプリを閉じる。

千牧の写真を目当てにフォローしてくれた人達も、お店に興味を持ってくれれば幸いだ。もし、千牧目的でお店に来ても、最終的に本を買ってくれれば有り難い。

「気を取り直して、動画を頑張ろうか」

「おー！」

千牧は人間の姿になり、拳を振り上げる。

ヨモギはパソコンを起動させ、インターネットのブラウザを開こうとした。

「あれ？　アイコンがない……」

その代わりに、デスクトップに見慣れないアイコンがある。

ヨモギが目をぱちくりさせていると、ペンギン姿のテラが現れた。

『やあ、ヨモギ君。何を探しているんだい？』

「えっと、インターネットで動画を検索しようと思って。でも、ブラウザのアイコンがないから……」

『ああ。それなら、新しいブラウザに切り替えておいたよ。こっちの方が、セキュリティがしっかりしているし、速いから』

テラはペンギンの羽で、新しいアイコンをぺちぺちと叩《たた》く。

「おお……。どれどれ……」

ヨモギは、新たなるブラウザをおっかなびっくり起動させる。

すると、すんなりと立ち上がった。いつものブラウザは、立ち上がるまで何拍か間があるのに。

「へー、本当だ！」

『で、動画を検索したいの？　どんな動画？』

「それが……」

ヨモギは、テラにも事情を話す。

を打って聞いてくれた。

『お店の紹介を動画で、かぁ。それはいいね。若い世代は特に、動画投稿サイトに集中しているしさ』

「やっぱりそうなんだ……」

『テレビはテレビ局が提供したものしか見られないけれど、動画投稿サイトは、そうじゃないからね。みんなが好きなように動画を作って投稿しているし、視聴者側も、好きなように探せるからさ』

しかも動画は、結論を急ぎたい時に早送りをすることが出来る。時間がない時や、結論に至るまでが長過ぎると感じた時には便利そうだ。

「作る側も見る側も、マイペースに出来るってことだね」

『そういうこと』

「でも、ちょっと忙しそうだな。俺は、じいさんと一緒にぼんやりとテレビを見てるのが好きだからなぁ」

千牧は不思議そうな顔で、テラの話を聞いていた。

『そこは、個人の好みによるって感じかな。なんにせよ、選択肢が多いというのはいいことだと思うよ』

「確かに」

千牧は、うんうんと頷く。

「因みに、テラがおススメの動画ってある？」

『うーん。ボクもその、ミタニって人がおススメした動画はいいと思うよ。あと、幾つかピックアップしてあげる』

画面の中のテラは、大きな虫眼鏡を取り出して、辺りをキョロキョロ見回してみせる。

彼は数秒間そうしていたが、やがて、動画が掲載されたページが、幾つもポップアップされた。

『この辺を見ておいたら？　人気があるし、分かりやすいから』

あっという間にピックアップされた動画の数々を見て、ヨモギと千牧はぽかんと口を開けていた。

『どうしたの？』

テラは首を傾げる。

「いや、インターネットに詳しいテラがいてくれて、本当に良かったと思ったんだ。動画投稿サイトのトップページを見たことあるけど、どれを見るべきかさっぱり分からなかったからさ……」

『逆に、ネット上にないことは分からないけどね』

『まあ、今は動画を楽しんでよ。良かったと思うところを集めて活《い》かしたら、良い動画になるんじゃないかな』

ぱちんと、ペンギン姿のテラは器用にウインクをしてみせる。

ヨモギと千牧は頷き合うと、テラが見つけてくれた動画を見始めたのであった。

気付いた時には、陽《ひ》がすっかり傾いていた。

ヨモギは、店内がやけに暗いと思ったところで、ようやく現実に帰って来た。

「はっ……！　かれこれ、三時間くらい動画を見てた気がする……！」

もうそろそろ、仕事を終えたお客さんが来る頃だ。千牧もまた、「やべー。夢中になってた……」と頭《かぶり》を振った。

『どうだった？　ずいぶんと気に入っていたみたいだけど』

テラは小首を傾げる。

「なんか、これは本当にやばいね。動画を見終えると、その人の他の動画が自動再生されるし、リストには関連性が強いものがピックアップされるから、全然見終わる気がしないよ……」

動画の一つ一つは、それほど長いわけではない。しかし、関連動画を延々と見てしまう中毒性があった。

「でも、本の紹介をしている動画は面白かったな！」

千牧は、余韻《よいん》に浸りながらそう言った。

テラが用意してくれた動画の中に、本に関連するものが幾つかあった。

エンターテインメント小説をレビューしている動画や、ジャンル問わず紹介している動画もあった。

「そうだね！　文章で読むのと、音声と動画で見るのってまた違うし、情報がスラスラ入って来るよね！」

ヨモギもまた、力強く頷く。

『そこが動画の強みだよね。情報量が多くても、視聴者にすんなりと届けることが出来るから』

テラもまた、ヨモギ達の反応を見て納得の面持ちだった。

「うちでも、本の紹介をしたらどうだ？」

千牧は嬉しそうにそう言うが、ヨモギは「うーん」と唸った。

「あれ？　乗り気じゃない？　でも、ヨモギがいつもＰＯＰでやってるようなことだろ？」

「まあ、そうなんだけどさ。動画の目的は飽くまでも、全国の人にうちのお店を知って貰

「うちに来た人に本を紹介するとうちで買ってくれるけど、来てない人に紹介すると、その人の家の近くで買っちゃう可能性があるか……」

「それか、通販でね。本が売れるの自体は、業界全体として嬉しいことなんだけど、僕はお爺さんのお店を盛り上げたいからさ……」

そこは絶対に譲りたくなかった。

お爺さんの思い出を守ることが、ヨモギの使命だから。

「そこはブレちゃ駄目だな」

「そうだね。今はとりあえず、お店を知って貰うことを優先にしよう」

ヨモギと千牧は、ぐっと拳を重ね合い、改めて決意をする。

だが、問題は他にあった。

「……僕達が見た動画、文字が出てたり効果音が聞こえたりして、凄《すご》かったよね」

「ああ……。テレビ番組みたいに、ちゃんとしてたな」

「どうやったら、ああいうふうに出来るんだろう。そこから勉強しなくちゃ」

ヨモギは、先ほど撮影した、千牧が走り回る動画を見つめる。

はしゃぐ秋田犬さながらの姿は可愛らしかったが、ちゃんと編集された動画に比べると、地味でインパクトが足りなかった。

『それなんだけどさ。ボクに任せてくれない？』

パソコンから聞こえてきた声に、「えっ」とヨモギと千牧は振り返る。

『どんな風にするか教えてくれたら、ボクが加工したり編集したりするやり方を教えるよ。まずは、その動画を貸してくれる？』

テラは、ヨモギが手にした携帯端末を見やる。どうやら、千牧が走り回っている動画のことらしい。

ヨモギがもたもたしていると、テラはブルートゥース機能で送れることを教えてくれた。無線でパソコンに動画を送れたことにヨモギはビックリし、千牧は「妖術《ようじゅつ》か⁉」と目を丸くした。

テラは敢《あ》えてツッコむこともせず、画面の中で何処からともなくノートパソコンを取り出し、カタカタとキーボードを打ち始めた。

「パソコンの中にパソコンが……！」

『編集中ってことを示すアクションだよ。突っ立っているより、こちらの方が分かりやすいでしょ？』

どうやら、テラはヨモギ達にもやっていることが分かりやすいように、わざわざパソコンを打つアクションや、虫眼鏡で探すアクションをしているらしい。

千牧は反射的に文句を言うが、ヨモギが見始めると、大人しくそれを覗き込んだ。そして、ふたりして息を呑《の》む。

「わぁ……」

「おお……」

元の動画に入っていた千牧の音声は、すっかり消えていた。

その代わりに、明るいＢＧＭと、動く度にハートが飛ぶというアニメーションが加わっていた。

しかも、吹き出しがぴょこんと出て来て、「一緒にお散歩しようワン」なんていうセリフが加わっている。

「すごい……！」

動物番組のＶＴＲさながらに編集されていた。これは、インターネット上にアップロードされている動画に引けを取らない。

問題は、千牧のキャラが完全に崩壊しているということくらいか。

「千牧君……」

ヨモギは、わなわなと震える千牧の様子を盗み見る。いくら温厚な千牧とは言え、ここまでコテコテに可愛くされたら、怒るだろうか。

だが、千牧はがばっと顔を上げるとこう叫んだ。

「すげーじゃん！　俺、イケ犬度二割り増しになってる！」

「ええっ⁉」

予想外の反応に、ヨモギは声をあげてしまった。

『気付いてくれたみたいだね。露出補正で、画面を少し明るくしているんだ。千牧君の整った顔も、これでよりハッキリと見えるはずだよ』

テラの言葉に、ヨモギは改めて動画を見やる。

すると、確かに、携帯端末で撮った映像よりも、編集された動画の方が明るく、千牧の顔も鮮明に見えた。

「気付かなかった……。確かに、影が少なくなって綺麗《きれい》になってる……」

まさか、こんなことも出来るとは。

『どうだい？　気に入って貰えたかな』

画面の中で、ペンギン姿のテラは胸を張ってみせる。

ヨモギも千牧も、勿論という答え以外、持ち合わせていなかったのであった。

きつね堂の休業日である日曜日。ヨモギと千牧は、お爺さんに携帯端末を借りて外に出た。

をしてくれるそうだ。

「インターネットに繋がっている電子機器相手だと、割と何でもありだね」

『モバイルテラって呼んでくれていいよ』

携帯端末から、テラの声が聞こえる。早速、呼びかけの呪文を無視していた。

「でも、どうして外に出るんだ？　きつね堂の紹介だったら、中を撮ればいいんじゃないか？」

千牧は不思議そうに首を傾げる。

「うん。それは僕も思ったんだけど、うちは狭いからすぐ終わっちゃうんだよね……。あと、兄ちゃんと話していた時に、観光客の話がちらっと出たからさ」

「観光客？　そう言えば、うちには来ないな。まあ、近所に観光地があっても、ここまで足を延ばす人間は少ないか……」

「周りには神田明神《かんだみょうじん》もあるし、神保町も万世橋《まんせいばし》もあるし、秋葉原だって近い。そういうところに観光に来たついでに、うちに寄って行ってくれないかなと思って」

ヨモギの意見に、千牧とテラは「ああ」と納得したように相槌を打った。

「そっか。遠いところに住んでる人が、わざわざ本屋さんに来るようにするのって、難しそうだしな」

『観光のついでだったら、動機としても軽いしね。良いアイディアだと思う』

「そうだね。いずれは、うちがメインになって欲しいところだけど……」

ヨモギはそう言って苦笑した。

どちらがついでであろうと、きつね堂に来てくれればいい。目的は、お店を盛り上げることなのだから。

「さてと。何処の動画を撮ろうか。全部撮って、編集の時に取捨選択する？」

ヨモギは店先で、きょろきょろする。

「本だったら神保町じゃないか？」

千牧は、神保町方面を指でさす。

『せっかく神田にあるし、神田明神は欠かせないんじゃないかな』

テラは、携帯端末の地図アプリを勝手に起動させ、神田明神までの経路を示した。

「でも、秋葉原に行く人はいっぱいいるだろうし、秋葉原も捨て難いな」

『万世橋駅跡には、オシャレなお店が多いから、そこで買い物をしたい人達を引き込むのもありかも』

千牧とテラは、ヨモギを挟んで口々にそう言った。

ヨモギは、外に出る前に決めておかなかったことを悔やんだ。

神田川を望みながら行くコースである。

「よし、じゃあそれで！」

『出発しようか！』

千牧はずんずんと歩き出し、テラはカメラアプリを起動させ、ヨモギは周囲を気にしながらカメラを構えて、動画の撮影が始まったのであった。

ヨモギと千牧は、神田川にかかる白くて美しい聖橋《ひじりばし》を通って、神田明神へと向かう。

聖橋からは、神田川に沿って伸びる線路と、御茶《おちゃ》ノ水《みず》駅が一望出来て壮観なので、ヨモギは念入りに動画を撮った。

だが、大学も近いので人の往来が多い。学生さん達にぶつからないように、千牧はヨモギを庇《かば》ってやっていた。

「うーん。動画の撮影も大変だな……」

せっかく動画なので、電車が走っている姿も撮りたいと思うヨモギであったが、いつまで経っても来ない。

どうやら、タイミングを逃してしまったらしい。

「いっぱい撮って凄いボリュームにしようぜ！」

千牧は期待の眼差《まなざ》しで、携帯端末を見つめる。

だけど、テラはぴしゃりと言った。

『動画をいっぱい撮って素材を増やすのは良いと思うけど、動画自体は短くするよ』

「えー！　なんでだよ！」

『長過ぎると、視聴者が飽きてしまうからさ』

「でも、早送りも巻き戻しも、簡単に出来るだろ？」

『好きなところだけ見ることが出来るっていう環境に慣れた人達だから、余計に飽きが早いと思うんだよね。キモの部分を探すことすら放棄されちゃったら、本末転倒だよ』

「うーん。そうかぁ……」

テラに説き伏せられた千牧は、しょんぼりと肩を落とした。

『短く濃密に作って、あっという間に終わってしまったと思わせた方が、繰り返し見てくれる可能性も高くなるしね。他のバージョンを作るなら、尚更《なおさら》だよ』

「ふむふむ……」

解説をしてくれるテラが頼もしいな、とヨモギは思う。

ヨモギと千牧だけだったら、やたらと長い動画を作っていたことだろう。

「あっ、来た！」

『喋っても大丈夫だよ。あとで消すから』

「そうだった……。音声も編集出来るんだった……」

　中央線の車両は大勢の人を吐き出し、そして、大勢の人を乗せて去って行った。納得がいく映像が撮れたヨモギは、再び神田明神へと向かう。

「僕達が見た動画の中で、自撮りをしていた人がいるけど、あれはやらない方がいいの？」

　ヨモギはテラに問う。

　テラは、少し考えるそぶりを見せてから答えた。

『コンセプトによる、って感じかな。ヨモギ君が顔を出して、幼い男の子が頑張って動画を作ってます感を出したいなら、自撮りをしながらの撮影もアリじゃない？』

「それはちょっと恥ずかしい……」

『だったら、今のままでいいと思うよ。もし、気が変わっても、人物を後で足すことも出来るし』

「そんなことも出来るの⁉」

「すごいな。魔法かよ……」

　ヨモギは目を丸くして、千牧は慄《おのの》く。

『テレビでもやってるじゃないか。ＶＴＲを背景にして、ゲストが喋ってる映像とか』

確かに、ゲストがスタジオではなく、仮想の背景を背負った映像は珍しくない。ヨモギと千牧は納得しかけたが――。

「ああいうのも作れるの⁉」

「マジで何でもありだな！」

驚くふたりを前に、『ふふふっ』とテラが得意げな笑い声をあげる。

「でも、確かに動画投稿サイトに上がってた動画にも、そういうのがあったよね。自分でテレビ番組みたいなのが作れちゃう時代か……」

『やり方さえわかれば、ヨモギ君や千牧君も作れるからね。昨日のうちに無料ソフトを幾つかダウンロードしておいたから、一つ目はレクチャーしながら進めるけど、二つ目からは自分達で作ってみるといいよ』

「おお……。ついに俺達もテレビ番組っぽい動画を……」

千牧は興奮気味だった。

『とはいえ、センスは必要だけど……』

「う、うーん」

テラの言葉に、千牧は頭を抱える。

『ヨモギ君は、センスが良さそうだよね。ＰＯＰを作るのは上手いし』

「えっ、そ、そんな……き、恐縮です……」

照れくささのあまり小さくなってしまうヨモギに、千牧はツッコミをする。

そんなやり取りをしているうちに、通行人は徐々に学生ではなく観光客が多くなっていく。

「着いた……！」

どっしりした青みがかった鳥居が、ヨモギ達を迎えた。

「すいません。撮らせて下さい……」

ヨモギは社殿の方を向いてぺこりと頭を下げてから、鳥居を見上げるような動きで撮影した。近くでは、観光客もヨモギに倣って鳥居を撮っていた。

思わず撮りたくなるほど、圧巻だった。

ここから先は神さまの領域だと知らしめるほどの、威厳があった。

一歩踏み込むと、空気ががらりと変わったのに気付いた。

左右に並ぶお店を眺めながら、登り勾配《こうばい》の道を往《い》く。

「境内を撮るのは気が引けるけど……」

ヨモギは、落ち着かなそうに視線をさまよわせる。

そもそも、神田明神に祀られているのは、主に大己貴命《おおなむちのみこと》と少彦名命《すくなひこなのみこと》、そして、平将門命《たいらのまさかどのみこと》だ。お稲荷さんの使いのヨモギは、部外者である。

「大黒《だいこく》さまと恵比寿《えびす》さまと、将門公かぁ。大黒さまは縁結びで、恵比寿さまは商売繁昌、将門公は厄除《やくよ》けだよな」

千牧は、指を折りながら神さまを挙げてみせる。

しばらく歩くと、豪奢《ごうしゃ》な朱色の門がヨモギ達を迎えた。睨みを利かせている随神像にぺこりと頭を下げつつ、門をくぐる。

境内には、カップルとスーツ姿のビジネスマンと思しき人々が目立った。やはり、ご利益を授かりに来たのだろう。

「挨拶はしておこうか。それからじゃないと、僕はちょっと、これ以上の動画は撮れないかな」

ヨモギは、まずは一番手近な社殿を目指す。千牧も、その後をついて行った。

「そうだな。挨拶はしておかないと。あと、恵比寿さまには念入りに、PRが上手くいくようにお願いしておこうぜ」

「ええ……。僕には稲荷神さまがいるのに……」

「でも、元々は、五穀豊穣の神さまだろ？」

千牧は鋭い指摘をする。

そう、稲荷大明神は穀物や農業の神さまだったが、現代になって、商工業もそこに含まれるようになり、転じて、商売繁昌のご利益があるとされたのだ。

テラは、千牧にツッコミをする。

「あ、そうか。じゃあ、恵比寿さまは海の産業で、お稲荷さんは陸の産業……。ってことは、俺達はやっぱり、お稲荷さんにお祈りをすべき……？」

「まあ、今はそこまで厳密でもないと思うけどね。ここに来ている人も、漁業関係者ばかりってわけじゃなさそうだし」

ヨモギは、オフィスワークをしていそうな人達を見やる。

だが、外来物の神さまでもあるので、輸入業は恵比寿さまのご利益が効きそうだ。きつね堂の場合、洋書を海外から取り寄せるようになったら、恵比寿さまのご加護が必要になるのかもしれない。

「今日は一先ず、撮影のご挨拶だけさせて頂こうっと……」

「そうだな……」

ヨモギと千牧は、神さまが通る場所である道の真ん中を避けつつ、主要な三柱に撮影の挨拶をした。

特にお叱《しか》りのお言葉もなく、涼やかな風だけがさわさわとふたりの頰《ほお》を撫《な》でたので、ヨモギは他の参拝客の迷惑にならないように、動画を撮影させて貰った。

境内は広く、他の神さまも祀られていた。

その中にはお稲荷さんもいて、ヨモギはお稲荷さんと狛狐《こまぎつね》に挨拶をしておいた。

「よし。こんな感じかな」

一通りの撮影が終わり、ヨモギは満足そうに頷いた。

『うん、良い絵が撮れたと思う』

「それじゃあ、お店に帰ろうぜ！」

ヨモギと千牧は、鳥居のところでもう一度境内へと頭を下げると、のんびりと帰路についた。

「撮影、無事に終わって良かったな」

「うん！」

ヨモギの心の中は、達成感で満たされていた。温かい日差しが、彼を労《ねぎら》っているようにすら思える。

だけど、動画の編集はこれからだし、反響があるかどうかも分からない。

気を引き締めなくては、とヨモギは自らの頰をぺちぺちと叩いた。

「それにしても、こんな小さな端末にさっきまで撮っていた映像が入っていると思うと、驚きだよな。データにすると、本当に何でも出来る気がするぜ」

千牧は、感心したように携帯端末を見つめる。

誰《だれ》でも気軽に作れて、誰でも気軽にみんなに見て貰える時代だ。

フィルムを使っていた時代からしてみれば、千牧が言うように魔法のようなことかもしれない。

『だけど、良いことばっかりでもないんだよね』

「そうなのか？」

『そういうものさ』

携帯端末の中で、テラが苦笑する気配がした。千牧とヨモギは、不思議そうに顔を見合わせる。

そうしているうちに、ヨモギ達は、聖橋に差し掛かった。

通り過ぎようとすると、先ほどは見えなかった赤い車両が目に入った。丸《まる》ノ内《うち》線の電車だ。

御茶ノ水駅は、ＪＲだけではない。東京メトロ丸ノ内線も通っている。

地下鉄である丸ノ内線の方が神田川により近く、ＪＲの車両とはまた違った絵が撮れそうだった。

「ちょっと撮って来る」

「おう、気をつけてな」

ヨモギは千牧に見送られながら、小走りで丸ノ内線が見えやすいところまで向かった。柵《さく》やフェンスが映ってしまう場所だと、綺麗な映像にならない。

ヨモギは理想的な場所を見つけ、車両が行ってしまう前に少しでも撮ろうと必死に構えて――。

「おっと、悪い」

自分の携帯端末を弄《いじ》っていたビジネスマンの男性が、ヨモギの小さな身体にぶつかった。ヨモギはよろけただけだったが、そのはずみで、携帯端末がすっぽ抜ける。

『あっ』

「ああっ！」

テラの声と、ヨモギの悲鳴が重なる。

携帯端末はクルクルと宙を回り、大きく弧を描いて、やがて、神田川へと吸い込まれるように消えて行った。

その一部始終が、ヨモギにとって、動画の中の出来事のように現実離れしていた。いや、動画の中の出来事だったら、どれほど良かったことか。

「うそ……」

「ヨモギ！　テラ！」

様子を見ていた千牧は、くずおれるヨモギに駆け寄り、気付か

「おい！　俺のダチに何してるんだよ！」

「ええっ⁉　謝ったのに！」

男性は悲鳴をあげるが、携帯端末を持っていた姿勢のまま、真っ青な顔をしているヨモギを見て息を呑んだ。

「まさか、スマホが神田川に……？」

事の重大さを悟った男性は、「本っ当にごめん！　弁償するから！」とヨモギに頭を下げる。

だが、ヨモギが気にしているのはそこではない。

あの携帯端末の中には、テラがいたのだ。

「テラ君……」

ヨモギはよろよろとフェンスのそばまで行き、神田川を見下ろす。

当たり前のように、携帯端末の姿は見当たらな――。

「あったぞ！」

千牧は下流の方を見て叫んだ。

ヨモギと男性は、駆け足で千牧の視線を追う。

するとそこには、段ボールが浮いていた。

それだけではない。何処からともなく流されてきたであろう段ボールの上に、ヨモギが持っていたお爺さんの携帯端末がちょこんと載っているではないか。

よれよれの段ボールは、今にも水に呑まれそうになりながらも、下流へ下流へと流されていく。

「追いかけるぞ！」

「うん！」

千牧とヨモギは、下流に向かって走り出す。「危ないって！　弁償代払うって！」と男性は引き留めようとしてくれたけど、段ボールの上に載っているものは、替えが利くものではなかった。

坂道を転がるように下り、千牧は途中で犬の姿になって、疾風《しっぷう》のごとき勢いで段ボールを追う。

線路のせいで、川が見えないのがもどかしい。

昌平橋《しょうへいばし》までやってきて、ようやく沈んでいない段ボールと端末を確認出来た。しかし、橋からは全く手が届きそうにない。

そうこうしているうちに、秋葉原のビル街が見える場所までやって来た。その先にあるのは、万世橋だ。

「任せろ！」

千牧は万世橋に先回りし、流されてくる段ボールに目掛けて飛び降りた。

ざぶん、という大きな音がして、水飛沫《みずしぶき》が上がる。

周辺を歩いていた人達は目を丸くし、ヨモギは欄干から身を乗り出した。

「千牧君……、テラ君……！」

神田川の流れは速くないとはいえ、不安定な段ボールから携帯端末を救出することは難しい。

千牧は犬かきで泳ぎながら段ボールに近づくものの、彼が立てる波のせいで段ボールが沈みそうになり、慌てて離れた。

「頑張って……」

ヨモギは、自分も飛び込んで手伝いたい衝動に駆られていたが、それを堪《こら》えながら見守っていた。今自分が行っても、千牧の邪魔をしてしまうだけだから。

千牧は諦めずに段ボールへ近づこうとするが、段ボールはどんどん流されていく。次第に、千牧の顔にも疲れが浮かぶようになって来て、犬かきも元気がなくなって来た。

このままだと、千牧も力尽きてしまう。いつの間にか、周囲の人々もヨモギとともに欄干から身を乗り出し、千牧の様子を見守っていた。「頑張れー！」とか、「大丈夫かー」とか声を掛けている。

ヨモギもまた、お稲荷さんと、神田明神に祀られていた神さま達に祈った。

どうか、ふたりとも無事でありますように。

すると、ふと、風向きが変わった。

千牧の方へと、風に押された段ボールが近づく。千牧はそれを見逃すことなく、段ボールに向かって顔を突っ込んだ。

皆が息を呑んで見守る中、千牧は得意顔で振り返る。その口には、携帯端末が咥《くわ》えられていた。

「千牧君！」

千牧はなんとか川から上がれる場所を探し、ヨモギもまた、千牧の方へと駆け寄った。

息を呑んで見守っていた通行人は、熱い拍手を送ってくれた。

ずぶ濡《ぬ》れで這《は》い上がった千牧を、ヨモギはぎゅっと抱きしめる。千牧は誇らしげに尻尾《しっぽ》を振り、携帯端末をヨモギに渡した。

「千牧君、無事でよかった……！」

「へへっ、スマホを濡らさないように頑張ったぜ！」

「うん。えらい、えらい」

ヨモギは自らが濡れるのも構わず、千牧を抱きしめて頭を撫でる。安心のあまり、ヨモギの目に涙が滲《にじ》んだ。

「仲間のためだったら、それは聞けないお願いだな。でも、ヨモギを心配させないようにはするぜ！」

千牧は鼻先で、ヨモギの頬に伝う涙を拭《ぬぐ》ってやる。ヨモギは涙を堪えるのに必死になりながらも、無言で何度も頷いた。

携帯端末は千牧のよだれでべたべたになっていたが、無事だった。液晶画面に罅《ひび》は入っていないし、元気に動画撮影を続けている。

『ふう。良い絵が撮れたね』

テラの声も、実にあっけらかんとしたものだった。

その温度差に、ヨモギと千牧はきょとんとする。携帯端末が水没して故障したら、テラに会えなくなると思ったのに。

そのことを話すと、テラは『そんなことは無いよ』とあっさり否定した。

『インターネットが繋がってるし、ボクは電脳世界に逃げることが出来るからね』

「なんだ、そうだったのか……」

ヨモギは胸を撫で下ろし、千牧もまた、ほっと息をついた。だが、『でも』とテラは続けた。

『録画した動画や、この端末に保存してあったメールや画像は無くなってしまうね。クラウドにバックアップしてなかったみたいだしさ』

携帯端末の中には、お爺さんが息子から貰ったメールや、息子が送ってくれた家族の写真が入っていたという。

テラがバックアップするにも時間がかかるし、千牧が引き上げてくれなかったら、携帯端末とともにそれらが神田川の中に消えていたかもしれなかった。

「そっか。お爺さんの大切な思い出は、守れたんだ……」

『データは手軽で便利だけど、儚《はかな》いものだからさ。写真が水没したら、よれよれになったり綺麗じゃなくなったりするかもしれないけど、消滅することはなく、何かしらの形で残る。でも、データは消滅しちゃうからね。頼りないものなんだよ』

インターネット上にアップしても、サーバーがダウンしてしまえばアクセス出来なくなってしまう。誰もがアクセスできるサービスがあっても、サービスが終了してしまったら二度と見られなくなる。

『インターネットのデジタル空間って、自由なようでいて、サービスを提供してくれる側に依存している部分が大きいからさ。規約が変わったら出来なくなることもあるし』

「そっか。魔法の空間ってわけじゃないんだな……」

千牧は、身体をぷるぷると振って水滴を飛ばしながら話を聞いていた。

もあるしね』

「そっか。何にでも、良い面と悪い面があるんだ……」

携帯端末を手にして呟《つぶや》くヨモギに、『そういうこと』とテラは相槌を打った。

『それにしても、神田川を流れる良い映像が撮れたよ。滅多に撮れるものでもないし、なんとかして、お店のPRに使えないかな？』

流された当事者は、やや興奮気味に提案した。

「うーん。それは、衝撃映像として編集しようかな……」

もしかしたら、そっちの映像の方が再生回数を稼げるかもしれない。そうなったら、心中複雑だなと思いながら、ヨモギは千牧と一緒に、今度こそ帰路についたのであった。


それから、帰宅したヨモギ達は、録画をした映像を使ってPR動画を作成した。

ヨモギがこんな風にしたいという案を出すと、テラが的確に編集をしてくれる。たまに演出が過剰になることもあったけれど、そのくらいの方がウケるとのことだった。

一日で終わらなかったので、翌日も、お客さんがいない時に動画の編集をしていた。最初は手探りだったヨモギだったが、テラのお陰で編集のやり方が分かって来て、自分でテロップを入れられるようになっていた。

「出来た！」

数日かけて、ようやくPR用の動画が完成した。

ヨモギと千牧は、完成した動画を再生する。神田明神を紹介しつつ、聖橋を通って、きつね堂へとたどり着くという内容であった。

ヨモギが必死になって撮った御茶ノ水駅の車両の様子も、御茶ノ水という地名は、この地から出た水を将軍さまのお茶用の水として献上したことが始まりという語りとともに流されることとなった。

「いいんじゃないか⁉ じいさんが好きな旅番組みたいだ！」

「そうだね。テラのお陰で、良いものが出来たよ」

千牧とヨモギに褒められると、パソコンの画面の中にいるペンギン姿のテラは、照れくさそうに羽で頭を掻《か》いた。

『ヨモギ君のセンスや千牧君の助言があったからこそ、作れたものさ。ボクは手段を教えただけに過ぎないよ』

「でも、テラが教えてくれなかったら、こんな動画作れなかったから！」

「そうそう。ありがとな」

ヨモギも千牧も、テラを賞賛する。それを、テラはもじもじとしながら受け取った。

『さて……、アップするかい？』

「どんな反応が来るか楽しみだぜ！」

ヨモギも千牧も、テラがきつね堂のチャンネルに動画をアップロードする様子を、ドキドキしながら見守っていた。

『よし、出来た』

「SNSにも、リンクを流しておこう」

ヨモギは、動画をアップロードした旨を、SNSで伝える。

皆で再生数をじっと見つめていたが、しばらくはゼロが続き、やがて、一回、二回とカウントするようになった。

だが、そのくらいだった。

じわじわと再生数が増えるものの、爆発的に上がることはない。ヨモギ達が見ていた動画は、何万回、何十万回と再生されていたが、百を超えるのもなかなか難しそうだ。

「まあ、そんなもんか……」

千牧は悟ったような顔で、画面から顔を離す。

『最初にしては、反応がいい方だと思うよ』とテラはフォローしてくれた。実際、動画を高評価してくれる人が、ちらほらといた。

「まあ、地道に頑張ろうか。動画の作り方は分かったたし、時間が出来た時に、またアップしよう」

ヨモギもまた、高評価してくれた人に対して画面越しにぺこりと頭を下げつつ、パソコンから顔を離した。

犬の姿の千牧がはしゃぐ動画や、神田川に流される動画をアップしたら再生数が稼げそうだな、という考えが過ぎったものの、ヨモギはその誘惑を振り切り、本屋さんの仕事へと戻ったのであった。


それから数日後のことだった。

一人の女性が、戸惑いがちにきつね堂にやって来た。

「いらっしゃいませ」とヨモギと千牧が迎える。すると、女性は「ど、どうも」と遠慮がちに挨拶をした。

三十路《みそじ》くらいの女性で、家庭を持っていそうな落ち着いた雰囲気を持ち合わせており、大きな紙袋を手にしていた。

女性は、何かを探しているようだった。

「何をお探しでしょうか？」

うちにある本だろうか、とヨモギはドキドキしながら尋ねる。新刊が入って来るように探しているのは意外なものだった。

「お爺さんを……」

「えっ、お爺さん？」

「このお店、お爺さんが経営してませんでしたか？」

「あっ、はい！」

ヨモギが頷き、千牧が「じいさーん」とお爺さんを呼びに行く。

程なくして、お爺さんは千牧に手を引かれながら、奥からひょっこりと顔を出した。

「ああっ！　やっぱり！」

女性はぱっと破顔する。その表情は女児のように、陽だまりのような純真さが溢れていた。

お爺さんは女性を見て数秒固まったものの、「ああ」とすぐに目を見開く。

「覚えてますか？　私、幼い頃に母に連れて来てもらっていた者です！」

「ああ、覚えているとも。大島《おおしま》さんところの、ユミちゃんだろう？」

「はい！」

ユミちゃんと呼ばれた女性は、感極まってか涙を滲ませる。

「お変わりないようで、良かったです……。ご高齢でしたし……」

「ユミちゃんは、綺麗になったね……」

お爺さんは、眩《まぶ》しそうに目を細めながら、うんうんと何度も頷いた。ユミさんは、「そんな……」と照れくさそうにはにかむ。

どうやらユミさんは、幼い頃は神田で暮らしていたが、父親が転勤する関係で遠くへと引っ越してしまったらしい。かつての、きつね堂のお客さんだった。

「これ、うちの近くのお土産です。お口に合うといいんですが……」

ユミさんは、大きな紙袋をお爺さんに差し出した。

中に入っていたのは、ウナギのエキスが入っているという有名なパイだった。お爺さんは、「有り難う」と顔を綻ばせる。

「今は浜松《はままつ》にいるのか……。それにしても、そんなに遠くからわざわざ来てくれたとは、やはり、観光か仕事かな？」

「いいえ。動画を見ていたら、懐かしくなってしまって」

「動画？」

お爺さんは首を傾げながら、ヨモギを見やる。

ヨモギは、ハッとした。

「もしかして、これですか？」

「私、相変わらず、本屋さんが好きなんですよね。だから、本に関する動画をよく探していて……。そこで、偶々《たまたま》見つけたんです」

懐かしい店名、そして、懐かしい街並みと、相変わらずの店構え。ユミさんは幼い頃、母親に連れられてやって来て、絵本を何冊も買って貰ったことを思い出したという。

「まさか、変わらない姿で残ってるなんて思わなかったんです。今は、何処の本屋さんも経営が厳しいですし、小さなところは次々となくなってしまっているので……」

「うちも、私が身体を壊してしまってね。たたもうかとも思ったんだが、この子達が来てくれたのさ」

お爺さんは、ユミさんにヨモギと千牧を紹介する。お稲荷さんの使いと犬神というところは伏せて、お店を手伝ってくれている若者として。

「そうだったんですね。てっきり、お孫さんかと……！」

「よく間違われます……」

ヨモギは、曖昧《あいまい》に笑って誤魔化した。

「でも、若い人が手伝っているなら良かったです。そして、お店が無事で、お爺さんが元気なところも見られて、本当に良かった……」

動画で相変わらずの佇まいのきつね堂を見た時、ユミさんは夢でも見ているのかと思ったらしい。そして、気付いた時には、東京行きの新幹線を予約していたという。

「動画の中に、神田明神が映ってて、それが頭から離れなかったんです。なんだか、背中を押されたみたいで……」

だからお参りをして帰ろうというユミさんを前に、ヨモギと千牧は顔を見合わせた。

「神田明神の大黒さまは、縁結びの神様として祀られているから……」

「じゃあ、大黒さんが導いてくれたのかもな……」

「僕達も、お礼を言いに行かないとね」

「勿論」

ヨモギと千牧は、しっかりと頷き合った。

その後、ユミさんは結婚したことや、妊娠していることを教えてくれた。そして、生まれて来る子供のために、絵本を買いに来たということも。

「まだ、男の子か女の子か分からないんです。なので、どちらでも楽しめるような絵本、ありますか？」

ユミさんは、下腹部を優しくさする。まだ目立つような佇まいではないけれど、その中では着実に命が育《はぐく》まれているのだろう。

「よし、それじゃあ、我々で探そうか」

いた。

ヨモギは、千牧とお爺さんと一緒に、男の子でも女の子でも楽しめそうな絵本を探した。

「なあ、この恐竜の本、面白そうじゃないか？」と千牧が絵本を手に取る。

「恐竜か。女の子だったら、どうだろうなぁ」とお爺さんは首を傾げる。

「でも、恐竜好きな女の子もいますし、気にしなくてもいいかも。それに、その本って家族の話ですよね。家族の物語だと思えば、どちらにもおススメ出来ますよ」

ヨモギは、千牧が手にしている本を見てそう言った。

他にも、友達をテーマにした本や、心をテーマにした本などを選んでみせる。

ユミさんにおススメしたい本は、あっという間に集まった。

「この中から、お子さんに読んであげたいものを選んで下さい！」

ヨモギは選び抜いた絵本を、机の上に広げる。

色とりどりの絵本を前に、ユミさんは迷わず言った。

「じゃあ、全部下さい」

「はい、全部ですね。……って、全部⁉」

ヨモギは耳を疑い、お爺さんも千牧も目を丸くした。だが、ユミさんだけはニコニコしていた。

「だって、この本屋さんにある本は、みんな素敵だって私がよく知ってるから。それに、お爺さんとお爺さんが信頼している人達が見つけてくれた本ですし、お迎えしない理由なんてないですよ」

ユミさんは、頑丈そうなトートバッグをごそごそと出しながら言った。

最初こそ戸惑っていたヨモギ達だったが、みんなで顔を見合わせると、喜んでお会計をしたのであった。

ユミさんが神田明神の方に消えるまで、みんなで手を振って見送っていた。ユミさんは、何回も振り向いて、深々と頭を下げていた。

やがて、彼女の姿が見えなくなると、余韻に浸りながら、ヨモギ達はお店の中へと戻る。

「それにしても、昔のお客さんが動画を見て来てくれるとはなぁ」と千牧はしみじみと言った。

「意外な効果があったね」

「本当に。結果的に売り上げに繋がったし、じいさんがユミさんと再会出来てよかったぜ」

千牧は、何度もユミさんが消えて行った方向を見つめるお爺さんへと、視線をやった。

お爺さんは、「ああ」とヨモギ達の方に向き直る。

コンの画面を見やった。

「テラが動画の編集の仕方を教えてくれたので、人が興味を持ってくれるような動画を作れたんです」

画面上のペンギン姿のテラは、ぴょこんと片羽をあげてみせる。

「そうだった。ヨモギから話は聞いているよ。顔を直接見るのは初めてだね」

お爺さんは、「よろしく」とテラに向かって律義に頭を下げた。

『ご丁寧にどうも。早速ですが、スマホのデータのバックアップもした方がいいですよ。川に落ちたら大変だし』

肩を竦めるテラに、「ははっ、まさか川に落とすことなんてないよ」とお爺さんは笑った。神田川に流したことは報告していないので、ヨモギは生きた心地がしなかった。

「それにしても、この店は頼もしいメンバーが次々と集まるね。これも、ヨモギの人徳……狐徳かな？」

「いやいや、むしろお爺さんの人徳ですから！」

ヨモギはお爺さんに恩を返したいから手を貸しているし、千牧だって、お爺さんに手を差し伸べられたからお店の手伝いをしている。

「でも、テラはヨモギについて来てくれただろ？」

千牧の言葉に、「確かに」とヨモギは納得する。

「我々は、良縁で結ばれている者同士なのかもしれないね」

お爺さんは、ヨモギの頭をそっと撫でる。しわしわの手だったけれど、とても温かかった。

「それじゃあ、そのことも大黒さまに感謝しないと」

「ならば、明日の朝にでも、みんなで神田明神に散歩に行こうか」

勿論、テラも一緒に、とお爺さんは言った。その足元では、いつの間にか犬の姿になった千牧が、「散歩、散歩！」と嬉しそうに駆け回っている。

ヨモギは、ふとパソコンを見つめる。むしろ、パソコンの向こうにある、オンラインの世界を。

オンラインでは、分け隔てなく世界が繋がっている。そんな場所で存在を示すことは、物理的に離れてしまった縁をより戻す切っ掛けになるかもしれないし、新しい縁を繋ぐチャンスなのかもしれない。

縁が繋がるかもしれない誰かに知って貰うべく、これからも地道に活動を重ねて行こう。

ヨモギは、そうやって決意を新たにしたのであった。

第三話　ヨモギ、火車と火《ひ》伏《ぶせ》をする

街を歩いている時、黒猫に会うと、ふと足を止めてしまう。

しかし、毛艶《けづや》がやたらと良かったり、意外とふっくらしていたりして、見知らぬ猫であることが多い。

ヨモギは、その見知らぬ猫が去って行くのを眺めながら、火の元と知り合いの心配をするのだ。

火種を見つけてしまう、あの孤独な火車は、いったい今、何をしているのだろうかと。


「うーん」

お店のカウンターの裏にいるヨモギは、ノートを拡《ひろ》げて首を傾《かし》げていた。

「まだ、スタンプカードのデザインを悩んでいるのか？」

棚の前でずれた本を整頓《せいとん》していた千牧が、声を投げる。

「うん。二つ折りにするか、裏表にするか、角を取るか……。千牧君は、どうしたらいいと思う？」

「ああ！　また候補が増えた……！」

ヨモギは、木の葉形のスタンプカードをノートに描《か》いて、頭を抱えた。

「それか、おいなりさんとか」

ご飯を詰めたやつ、と千牧はジェスチャーで示す。

「それは、一目見て分かり難《にく》いから……」

「そっかー。狐《きつね》形じゃあダメなのか？」

「変形カードだと、作るのがかなり高くなっちゃうんだよね。まあ、それを言ったら、木の葉形もそうだけど……」

「任せろ！」

千牧は、自信満々に己の胸を叩《たた》いた。ヨモギには、その意味が分からなかった。

「どういうこと？」

「俺《おれ》が切る」

「カットを自分達でやるの⁉」

ヨモギは目を零《こぼ》れんばかりに剝《む》いた。

だが、千牧は相変わらず、胸を張って得意顔で続ける。

「だって、何百枚ものスタンプカードをすぐに配り切るほど、お客さんは来てないだろ？」

「……悲しいことを言わないで」

しかし、千牧が言うことは間違いではない。

リピーターが多いので、お客さん自体の数はそれほど多くはない。

ヨモギと千牧で手分けしてスタンプカードを狐形にカットするという話も、非現実的なわけではないのだ。

「でも、千牧君はハサミを使うのがあんまり上手《うま》くないし、結局は僕がやることになるんじゃあ……」

何せ千牧は、新刊が入った段ボールを開けるのに苦戦する。

ガムテープくらいならば、びりびりに破いて開けてしまうのだが、紐《ひも》でくくられている時はどうしようもない。カッターの握り方が危うく、刃を上手く紐に当てられないし、ハサミもまた同様だった。

「うっ……。俺も頑張るけど……、確かに、綺麗《きれい》に狐の形に切り抜くことは出来ないかも……」

「うっかり狐の首の部分を切ってしまったら、僕は泣いちゃうからね……」

ヨモギにはもう、うっかり首や尻尾《しっぽ》を切り落としてしまう千牧の姿が思い浮かんでいた。

千牧もまた、自分に自信がなかったようで、「そうだな……」と頷《うなず》いた。

「俺達でやるならタダだから、良いと思ったんだけどな」

と言っても、スタンプカードを作るために通常業務が圧迫されては本末転倒だ。

「あっ、いい案を思いついた」

千牧は、ぽんと手を叩く。

「どんな？」とヨモギが促すと、千牧は目をキラキラさせながら答えた。

「お客さんに切らせるんだ」

「えっ？　ええっ？」

ヨモギは聞き返すが、「お客さんに切らせるんだ」と千牧は繰り返した。

「お客さんを、労働力に……？」

ギョッとするヨモギに、「違う違う」と千牧は首を横に振る。

「狐形の切り取り線を、そういうデザインっぽく描いておくんだよ。んで、そのまま使いたい人はそのまま使って貰《もら》って、切り取りたい人は切り取ってもいいよってやつ。子供なんかは、切り取って遊びたがるかなぁって」

「……それは天才の発想のような気がする」

ヨモギは息を呑《の》みつつ、千牧の案をノートに書き留める。

「もっと褒めてくれていいんだぜ」

「えらい、えらい」

胸を張る千牧の頭を、ヨモギは椅子《いす》の上に乗って撫《な》でてやった。すると、千牧はふにゃっと嬉《うれ》しそうに表情を緩める。

どっちが年上だか分からないと思うヨモギだったが、こういうところが、犬らしいとも思った。

「切るのが前提だと、角も丸くしなくていいよな」

一頻《ひとしき》り撫でられて満足した千牧は、座り直すヨモギに言った。

だが、ヨモギは「うーん」と難しい顔をする。

「でも、切らない人もいるし、やっぱり丸くしたいな。コストも、すごく掛かるわけじゃないし」

「どうして、ヨモギは角を丸くしたいんだ?」

千牧は、不思議そうに首を傾げた。

「見た目的に優しいデザインになるのと、指を引っかけたりしないためかな。紙って意外と強いし、指が切れるし……」

「分かる。俺もヨモギも、たまに切るもんな……」

段ボール箱から本を取り出して、急いで並べようとした時、段ボールで深々と切ってしまったことがあった。千牧はそれを思い出してか、ぷるっと身体《からだ》を震わせた。

千牧は納得顔だった。「そ、そうかな」とヨモギは照れくさそうにする。

その時だった。

「こんにちは」

ふたりの間に、聞き慣れた声が割り込む。

振り向くと、入り口に切り揃《そろ》えた髪のこざっぱりとした女性——兎内さんが立っていた。

ヨモギは自然と時計を見やる。混雑するランチタイムが過ぎて、しばらく経《た》った頃《ころ》だった。

「休憩時間がずれちゃって」と兎内さんは苦笑した。

「ああ、成程。それはお疲れ様です……」

ヨモギはカウンターの裏から出て来て、ぺこりと頭を下げた。

「おススメの新刊はある？」

「それなら、この辺りが——」

ヨモギは、平台に載っている新刊を兎内さんに紹介する。兎内さんが好きそうな本を勧めると、彼女はその中から二冊ほど選んで購入した。

「有り難う御座います！」

ヨモギと千牧は、紙袋に入れた本を兎内さんに手渡す。兎内さんは、それを受け取りながら笑顔で言った。

「ヨモギ君のチョイスが絶妙になって来てさ。この前おススメされた本も、あまりにも面白くて、通勤時間であっという間に読んじゃった」

「お気に召して頂けて何よりです……！」

ヨモギは嬉《うれ》しそうに、頬《ほお》を赤く染める。千牧は、「良かったな！」とガッツポーズをした。

「いやー、身体は小さいけど、立派な本のソムリエよね。これは将来が楽しみかな」

「将来……」

ヨモギは、愛想笑いを顔に張り付かせる。

兎内さんは、ヨモギがお稲荷《いなり》さんの遣《つか》いであることを知らない。

ヨモギは概念の存在だし、きっと、この先もこのままの姿なのだろう。この先、兎内さんとどんな顔をして向き合っていればいいのか。

「ヨモギが成長したら、超イケメンになりそうだよな」

成長しないであろうことをすっかり忘れているのか、千牧はのんきに言った。

「なるなる！　そしたら、千牧君のライバルだね！」

兎内さんは、はしゃぎながら頷く。

「ライバルか……。ヨモギとは、火花をバチバチさせるより、仲良く[illegible]

仲良きことは美しきことかな、と兎内さんは付け加えた。ヨモギは同意するほど余裕がなく、気が気ではなかった。

「ヨモギ君の成長は、ゆっくりと見守るとして——」

一頻り妄想を楽しんだ兎内さんは、話を切り替えた。ヨモギは内心、ほっとして胸を撫で下ろす。

「最近、気になる話を耳にしたんだよね」

「気になる話？」

「うん。この前、同僚の鶴見《つるみ》を連れて来たでしょ？　彼女が聞いた話なんだけど——」

「ひえっ」

ヨモギと千牧は、さっと身構える。

鶴見さんとは、怪談をこよなく愛し、自分の綺麗な髪よりもアヤカシの存在の方が大事という、なかなかクレイジーな人だった。

しかも、本人は霊感と呼ばれるものを持っているようで、ヨモギの正体もバレそうになってしまったのだ。

ヨモギは、思わずキョロキョロ見回す。

そんなヨモギに、兎内さんは苦笑した。

「大丈夫。今日は連れて来てないから」

その節はご迷惑を、と兎内さんは頭を下げる。

「いえいえ。面白い人だなと思いましたけど……」

「清楚《せいそ》そうな見た目によらず、アグレッシブだったよな……」

千牧も、しみじみと思い出していた。

「まあ、うん……。あの子が聞いた話だから、また聞きになっちゃうんだけど」

「ふむふむ」

ヨモギと千牧は、声を潜める兎内さんに耳を傾ける。

「鍛冶町《かじちょう》で、おばけが出たんですって」

「おばけ？」

鍛冶町と言えば、神田駅周辺だ。ヨモギ達にとっても、身近な場所だった。

「買い物であの辺に行ったけど、見たことないな」

千牧は首を傾げる。ヨモギもまた、頷いた。

兎内さんもまた、「私も」と頷く。

「出現するのは真夜中。終電の後らしいの」

「その時間は、僕達は寝てますね……」

「でしょう？ 私もさすがに帰宅してるし」

たらしい。

そこで、怪異に遭ったというのだ。

「飲み過ぎるのは、神田あるある……」とヨモギは頷く。

「で、どんなおばけだったんだ？」

千牧は目を瞬かせる。

すると、兎内さんは少し困ったような顔をした。

「うーん。それが、私もおばけって言ったものの、本当にそう言っていいものか……」

「どういうことだ？」

「無いはずの街並みが、見えたんだって」

「無いはずの街並みが……？」

終電が過ぎ、すっかり暗くなった神田の街に、怪しげな提灯《ちょうちん》と見たことのない店構えの建物が浮かんだらしい。それを見た人は恐怖のあまり気を失い、翌朝、路上で寝ているところを発見されたという。

「それは泥酔していたのでは……」

前後不覚になるまでお酒を飲み、夢を見ていた可能性が高いとヨモギは踏んだ。

仕事で辛《つら》くなった人や、接待をする人達は、時として自分の許容量以上のお酒を飲んでしまう。

「うん……。私も、その線が強いかなと思ってたんだけど、やっぱりそうかな……」

兎内さんも、怪談だと主張する自信が無くなって来たらしい。

因《ちな》みに、終電後に見に行きたいと言っていた鶴見さんに対しては、泥酔した人が見た夢だと言ってやめるよう説得したそうだ。深夜はおばけ以外のものも闊歩《かっぽ》しているし、女性が調査するのは危険だ。

「ただ、気になることがあってね。目撃者が、一人じゃないのよ」

しかも、それぞれが別々の日に見ているのだという。最近になって何件か目撃例があがっているそうだ。

「目撃者が何人かいるんですね。それにしても、目撃した日がバラバラなのは気になりますね」

目撃者の泥酔による夢疑惑は、ヨモギの中で少しだけ薄れた。

「紺屋町《こんやちょう》に髪切りの話があったし、鍛冶町も何かあるんじゃないか？」

千牧は首を傾げる。

「そうなんだよね。もし、ヨモギ君と千牧君の知り合いで、似たような経験をしたことがある人がいたら、教えてくれないかな。ミニコミ誌にまとめてみたいし」

「そうですね。そういう話を聞いたら、兎内さんに教えます」

「私自身で取材をしたいところだけど、流石《さすが》に、終電後はちょっとね……」

「兎内さんは女性ですし、あんまり夜遅くに出歩かない方がいいですよ」

「あら、ヨモギ君。紳士の気遣いも出来るんだね。えらい、えらい」

兎内さんは、ヨモギの頭を優しく撫でる。先ほど、千牧にしてやったのと全く同じことをされ、ヨモギは照れくさいやら何やらで、心中複雑だった。

「神田は歴史がある街だし、調べれば調べるほど、色んなことが分かりそうなんだよね。おばけの話も、その街の歴史や時世が関《かか》わってくることが多いから、見過ごせなくって」

確かに、女性の髻《もとどり》を噛《か》み切ってしまう『髪切り』も、縁談を断りたい女性が髻を切った時の理由として語られていたという話があるくらいだ。

「うーん、確かに。僕も、神田に住んでいながら知らないことがいっぱいありますしね。その辺は気になるかも……」

髪切りのように困っているアヤカシがそこにいるなら、助けになりたいとも思う。同じく常世《とこよ》の存在として、見逃せないものがあるのだ。

「あと、もう一つ聞いてたんだった」

兎内さんが、思い出したように手を叩く。

「え？」

「鍛冶町のおばけの話。奇妙な街並みが見えた時、何故《なぜ》か焦げ臭かったんだって。火事かと思って辺りを見回したけど、そんな形跡はなかったってさ」

兎内さんの話に、ヨモギと千牧は、顔を見合わせた。

その後、彼女は時計を見て「いけない！　休憩時間が終わっちゃう！」と慌ただしく会社に戻って行った。

ちゃんとお昼ごはんは食べられたのだろうかと心配しつつ、ヨモギは千牧にぽつりと言った。

「焦げ臭かったって気にならない？」

「なるなる。何かが燃えてたってことだよな。でも、火はなかったんだろ？　火の臭《にお》いのおばけなんているのか？」

「火の臭いのおばけに心当たりはないけど、火種に詳しいアヤカシなら知ってるなって思って」

「俺も」

ヨモギと千牧は、顔を見合わせて頷き合った。

きっとお互いに、同じアヤカシのことを考えている。

火を寄せやすく、火種を見つけることが出来るアヤカシ——火車のことを。

お爺さんはふたりのことを心配していたけれど、千牧が「変なやつがいたら、俺が吠《ほ》えてやるよ！」と言って説得してくれた。

「千牧君は本当に頼もしいね。大人の人間の姿だし、番犬にもなれるし」

深夜の街を歩きながら、ヨモギはぽつりと言った。

「任せとけ。いつでもヨモギの力になるしさ。その代わり、難しいことはヨモギに任せるから」

「うん。頑張ってみる」

ヨモギに自信があったわけではないけれど、千牧に助けて貰っている以上、頑張らざるを得なかった。ヨモギは、千牧と対等でありたかった。

「それにしても、気になるよね」

「ああ、気になるな」

終電の時間が近いため、きつね堂の周辺では何処《どこ》のオフィスビルも明かりがほとんど消えていた。家々の明かりすら消えていて、人々は寝静まったのだろうとヨモギは思った。

自動車の通りも、まばらだ。

人間も車も動いていない神田なんて、滅多に見られるものではない。ここは常世なのかと思うくらいだ。

ふと、秋葉原の方を見ると、街はまだ、空に浮かぶ雲を照らしていた。夜でも昼間のように明るい都心は、しばしば、地上の光で雲がぼんやりと輝いて見えることがある。

だが、神保町の方を見やると、雲は夜空に溶け込むように浮かんでいた。きっと、神保町のお店もオフィスも、ほとんど人がいなくなっていることだろう。

一方、神田駅周辺はまだ、明るかった。

「火に関連する話だと、火車を連想しちゃうよね」

「だよな。猫が通り過ぎても、ちょっとドキッとするし」

「分かる」

ヨモギは頷く。

駅に近づくにつれ、ぽつぽつと人通りが増えて来た。

まだ残業をしていた人達が、あちらこちらのビルから出て来て、駅へと集まっていくのだ。疲労のあまり俯《うつむ》いている男性や、眠そうにあくびをしている女性もいる。

だが、黒猫の姿は見えない。痩《や》せぎすで、妙に落ち着いたあの猫の姿は。

「もしかして、火車が関わってるのかな」

「……かもな」

千牧は気乗りがしない様子で肯定した。

ヨモギは、その気持ちがわかる。

ろついているのだから。

でも、火車はミステリアスなアヤカシだが、インターネットで炎上しそうな小説家を助けたり、ヨモギに火種を警告したりもした。

悪いアヤカシでないとは言い切れる。だから、今回の一件に関わっているとすれば、何か事情があるかもしれない。

ヨモギと千牧は、気を引き締める。

神田駅は、もう目の前だった。

西口方面の交差点は、終電を逃すまいとする人達で溢《あふ》れていた。残業帰りの人々に、カフェから出てきた若者達も混ざり、それなりの人通りだ。

「意外と人が多いな。こんな中で、おばけなんて出るのか？」

「ここにいる人達は、みんな、終電で帰っちゃうからね。問題は、その後さ」

ヨモギ達は、ＪＲやメトロの駅に吸い込まれていく人達を見送りながら、神田駅の高架下を潜《くぐ》って東口へと向かう。

目撃情報が、その辺りなのだ。

大通りと、その左右に並んだ今風のビルがヨモギ達を迎えた。一見すると、おばけどころか酔っ払いとも無縁そうな雰囲気だ。

しかし、大通りから少しそれると飲み屋街があり、泥酔した大人達が千鳥足で駅に向かうところだった。

「おお……。酒臭《さけくせ》え……」

千牧は思わず鼻をつまむ。ヨモギもまた、小さな鼻をギュッと押さえた。

「おいおい、子供がこんなところに来ちゃあ駄目だぞ～」

顔を真っ赤にしたおじさんが、ヨモギを見て呂律《ろれつ》の回らない口調で注意した。おじさんは二、三歩進んだところで、「おうぇ」と口を押さえてうずくまる。

「なんで、吐くまで飲むんだろうな……」

「接待をするためにいっぱい飲まないといけないって、聞いたことがある……」

ヨモギが店番をしている時、お客さん同士でぼやいていたのを耳にしたのだ。

一気飲みが禁止になり、仕事帰りに上司と飲みに行くのを断る若者が増えたものの、昔ながらのやり方をしていた人達がいきなり変わるわけではない。

接待のために飲むこともあれば、場を盛り上げるためにお酒を一気に飲み干す必要がある時もあるのだという。

「人間の世界も大変だな……」

「まあ、常世でも、お酒好きの神さまやアヤカシをもてなす時に飲むみたいだけどね」

ヨモギはいずれも縁がないので、心底安心している。

取りだったりする人達が出て来て、神田駅へと吸い込まれていった。

中には、ガードレールに寄りかかって寝てしまう人もいたので、ヨモギと千牧で「大丈夫ですか？」と声を掛けに行った。

「やばい、学校に遅刻する！」

眠っていた中年男性は、勢いよく起き上がって、駅の改札口に走って行った。

「あのひと、大丈夫かな。絶対に、まだ夢の中だよね……」

「そのまま、学校に行かないといいな……」

中年男性を見送るふたりの前を、やたらとテンションが高い女性達が横切る。彼女らからは、香水とアルコールが混じった臭いがムッと漂っていた。

「おおぅ……」

鼻が利くヨモギと千牧は、足早にその場から退散する。

駅から少し離れた場所で、終電が来る様子を眺めていた。

「焦げ臭さも、全然分からないね」

「火車のやつは、こんなに騒がしいところにいないだろ、絶対」

やがて、終電と思《おぼ》しき列車が来て、人々が押し合いへし合い乗車して、大勢の人を乗せた列車は高架を駆けて行った。少し遅れてホームに到着した人が、その場で力尽きたようにくずおれる。

「あの人、終電を逃しちゃったみたいだね……」

「おおぅ……。大丈夫かな」

ヨモギと千牧は、ハラハラしながら見守る。

その人は結局、携帯端末を数分の間弄《いじ》り、やがて、肩を落としながら駅から出て、夜の街へと消えて行った。ホテルかネットカフェに泊まるつもりなのかもしれない。

その人の姿が見えなくなる頃には、駅前は嘘《うそ》のように静まり返っていた。

通行人はちらほらと窺《うかが》えたが、彼らはタクシーを捕まえたり、宿泊先に向かったりして、すぐにいなくなった。

街の明かりがぽつぽつと消える中、コンビニと遅くまで営業している一部の飲み屋の明かりだけが、ぼんやりと夜の世界に浮かび上がる。

車の往来も更に少なくなり、街はあっという間に静寂に包まれた。

酒の残り香はあったものの、先ほどよりもひどくはない。千牧もヨモギも、鼻をひくひくさせて頷き合った。

「これなら、鼻を利かせることが出来そうだ」

「焦げ臭さを感じたら、教え合おうね」

「うう」

だ。

　ふたりは鼻を鳴らしながら、おばけとやらの痕跡を探す。

「なあ、ヨモギ。俺、犬の姿になってもいいか？」

　千牧は道に残った臭いも嗅《か》ぎたいのか、もどかしそうに身を屈《かが》めていた。確かに、人間の鼻の位置では、道路の臭いは嗅ぎ難《にく》い。

「いいよって言いたいところだけど、お巡りさんに見つかったら、僕は補導されちゃいそうかな……」

　人間の姿をした千牧ならば、保護者が一緒だという言い訳が利く。だが、犬の姿をした千牧だと、飼い犬と一緒に家出をした子供にしか見えない。

「そりゃあ駄目だな。仕方がない。このまま嗅ぐか」

　千牧は、がばっと地面に両手をつき、四つん這《ば》いになる。「ひえっ」と、ヨモギは思わず叫んでしまった。

「な、なんていう体勢に……！」

「こうすれば、人間の姿でも道に残ったにおいが嗅げるだろ！」

　千牧は得意げな顔をする。ヨモギは、「そ、そうだね……」としか言えなかった。

　人通りが少ないのが幸いだ。千牧の尊厳を守るために、奇異の目で見られていたら教えよう。

　ヨモギがそう決意した時、千牧がいきなり顔を上げた。

「千牧君？」

「焦げたにおいがする」

「えっ」

　千牧が四つん這いで走り出そうとしたので、ヨモギは立つように促す。「こっちだ！」と千牧は、神田駅に沿って並んでいる飲み屋街に向かった。

　すっかり人通りもなくなり、通りは静まり返っている。

　そんな中、蹲《うずくま》っている人がいた。

「どうしたんですか⁉」

　ヨモギは駆け付けて、蹲っている男性に声を掛ける。すると男性は、口を押さえながら涙目で振り返った。

「うっ……」

　焦げ臭さもあったが、酸っぱいにおいが鼻を衝《つ》く。路上には、男性が吐き出したと思しきおこげが落ちていた。

「す、すいません……。どうしても、我慢出来なくて……」

「いや、なんか、こっちこそスイマセン……」

た。

「焦げ臭さって、戻したおこげの……？」

「いや、違う！　あれだったら、胃酸の臭いもしたって！」

千牧は、首をぶんぶんと振る。

「でも、一瞬だけだったんだよな。いきなりパッと漂って来て、あとはぱったりと途絶えちまって」

「僕が感じる暇もなかったもんね。やっぱり、物理的な焦げ臭さじゃないのかも」

考え込むヨモギと千牧をよそに、吐瀉物を片付けていた男性は、すごすごとその場を去る。

きっと辛いことでもあったのだろう。終電も逃してしまったし、彼はどうするのか。

せめて、良いことが一つでもあるように。

ヨモギはそう思いながら彼を見送る。その時だった。

「えっ、ええっ？」

戸惑うような声が、男性の消えて行った方から聞こえて来た。ヨモギと千牧は顔を見合わせると、声の方へと駆けて行く。

じっとりと、焦げ付いたような臭いが鼻の奥へと入り込み、ヨモギは咳《せ》き込《こ》みそうになる。千牧もまた、ぎゅっと眉間《みけん》に皺《しわ》をよせて唸《うな》っていた。

「ヨモギ。なーんか、嫌な臭いがするぞ」

「うん。僕も気付いた」

走って行った先に、先ほどおこげを戻した男性がへっぴり腰で立っていた。彼の視線の先には、提灯を掲げた飲み屋がある。

「いや……」

ヨモギは目を凝らした。

屋台のような造りの、カウンター席しかない飲み屋が並んでいる。

だが、いずれの店も妙に不鮮明だった。目を凝らしてみても、輪郭がハッキリと捉《とら》えられないのである。

まるで、古ぼけた写真のようだった。

店のトタン屋根からは、ブリキの煙突がにょっきりと生えていて、白い煙を吐き出している。しかし、その煙は徐々に夜空に溶けていくのではなく、ある部分で唐突に闇《やみ》の中へと消えていた。

「これは……」

ヨモギと千牧は、息を呑《の》む。

すよね？」

男性は涙目で、背の高い千牧にすがる。千牧は男性を落ち着けるようにポンポンと肩を叩きながら、「ああ。俺にも見えるぜ」と答えた。

「こんなの、普段はないんです。っていうか、なんかおかしくないですか？　奥行きがないっていうか、張りぼてみたいっていうか……」

男性は震える声で言った。

ヨモギは、恐る恐る飲み屋に触れてみようとする。

すると、飲み屋に触れたはずの手が、ずぶりと飲み屋の骨組みの中へと沈んでしまった。

「……！」

ヨモギも千牧も、ぎょっとする。男性は、「ひえええっ！　飲み屋のおばけだぁああ！」と逃げ出してしまった。

「よ、ヨモギ、大丈夫なのか？」

「いや、なんか……」

指先がぞわぞわする。とっさに手を引き抜こうとしても、身体が動かない。それどころか、ぞわぞわした感覚が腕を駆けあがって来て――。

「ナァーン！」

猫の鋭い声が聞こえたかと思うと、ヨモギの身体は突き飛ばされていた。千牧がそれを受け止め、事なきを得る。

「ああ……。飲み屋のおばけに食べられるかと思った……」

独特の不快感は、まだ、指先に残っている。

ヨモギはその手を、もう片方の手でぎゅっと抱きながら、自分を助けてくれた相手を確認した。

「火車……！」

「火の気配を追って来てみれば、まさか、お前達もここにいたとはな」

猫はあっという間に、ひょろりとした若い男へと変化《へんげ》する。あの奇妙な風景は、いつの間にか、よくあるビル街の一角になっていた。

焦げ付いた臭いだけが残っていたものの、それもすぐに、夜の風がさらって行った。

「今の、何だったんだ？」

千牧は目を擦《こす》って、飲み屋があった場所を何度も見やる。トタン屋根もブリキの煙突も、幻であったかのように消えていた。

「あれは、『残り火』だ」

「残り火？」

「残り火って、一体何の……？」

問いかけるヨモギに、「その前に」と火車は言葉を遮った。

「お前達は、何故、ここに？」

「実は――」

ヨモギは、事情を掻《か》い摘《つま》んで説明する。火車は表情が少ないながらも、ヨモギの説明に耳を傾け、丁寧に相槌《あいづち》を打っていた。

「そうか。目撃者が増えているんだな」

「うん。この話を知っている人の中には、ちょっと、無理してでも目撃をしたいって言いそうな人がいて……」

怪奇現象が好きな鶴見さんが、兎内さんの制止を振り切ってやって来るのは、時間の問題だろう。

「ならば、お前達には話しておくべきなのかもな。この神田に今もなお発生する、残り火のことを――」

火車は事情を話そうとする。

しかし、ヨモギはお巡りさんが近くを巡回しているのに気づき、慌てて、火車をきつね堂へと招いたのであった。

きっちりとシャッターが閉まったきつね堂が、ヨモギ達を迎えた。

先に就寝しているお爺さんを起こさないように足音を忍ばせながら、玄関から家へと入り、きつね堂の中へと向かう。

闇に閉ざされた店内の明かりをつけ、ヨモギと千牧は火車から話を聞くことにした。

「残り火って、どういうこと？」

「思い出であり、幻。炎によって奪われたものだ」

「炎によって……」

ヨモギと千牧は、息を呑む。

「神田が焼けたことは知っているか？」

「えっと、関東大震災の時にひどかったのは、知ってる」

先ほどの光景を思い出しながら、ヨモギは頷く。

大正十二年九月一日のお昼頃、関東は未曾有《みぞう》の災害に見舞われた。

大地震によって数々の建物が崩壊し、炎があっという間に街を包み、多くの人が犠牲になった。

お昼時で火を使っている家庭が多かったというのも、不運の一つだった。

「神田って、昔から栄えた街だったんだよな。だから、やっぱり被害も凄かったんだろ？」

千牧は、気の毒そうな顔をする。

「ああ。しかし、多くの人間の努力によって復興し、今に至る」

「それって、凄いことだよね。災害の後は、焼け野原になっていたみたいだし……」

今となっては、そんなことは想像もつかないくらいだ。

高いビルが幾つも建ち、それ以降に造られた建物にも貫禄《かんろく》が出て、昔から、少しずつ変化したようにすら見えた。

「他にも、戦争でも空襲を受けたことがある。それで再び、街は焼けた」

「そうだった。戦争も……」

ヨモギと千牧は、黙禱《もくとう》をするように目を伏せる。

「それが、よくここまで復興したよな。今じゃそんなことがあった形跡もないじゃないか」

千牧は、目を真ん丸に見開く。「ああ」と、火車も神田の街を賞賛するように頷いた。

「だが、目まぐるしい変化がゆえに、置いて行かれたものもある」

「それが、思い出……？」

ヨモギは、目を瞬かせる。

「そうだ」

火車は静かに頷いた。

「炎が奪い去り、瞬く間に失われたものは、記憶だけがその場に残る。それを奪い去った、炎とともに」

「それが残り火ってやつか」

千牧は、まだ焦げ臭さが鼻に残っているのか、ごしごしと鼻先を擦《こす》りながら言った。

「それが、どうして飲み屋街に出るんだ？」

「あの場所だけではない。残り火は、神田のあちらこちらに発生する。勿論、神田だけではなく、炎に呑まれた場所に見られる現象だ」

火車は表情が少ないながらも、憂いを帯びた目で遠くを見ていた。

「君は、それを監視していたの？」

「ああ」

火車は短く肯定する。

「通常の残り火であれば、幻を見せる怪異を発生させる程度で済む。だが、多くの人間に認識され、長く燃え続けている残り火は、やがて火種になる」

通常ならば、あれほどの焦げ臭さはなく、誰《だれ》もが見えるわけでもなくて、常世に近しいだが、今回の残り火は、神田の繁華街に出てしまった。

それが多くの人に認識されるようになって、概念的な存在感を増し、徐々に大きくなっているそうだ。

「鶴見さんが噂《うわさ》を仕入れて来たくらいだし、もしかして、オカルト好きの人の間で広まっているのかも……」

しかも、それが、本来は関係ない兎内さんの知ることとなっている。

「インターネットってやつでも噂が拡がっているんじゃないか？」

千牧の言葉に、ヨモギはハッとする。

「テラ……！」

ヨモギはパソコンを起動させ、テラを呼ぶ。

すると、ペンギンの姿のテラは、被《かぶ》っていた布団を押しのけ、眠そうな顔でむくりと起きた。

『どうしたんだい、こんな夜中に』

「ね、寝てるところをごめん。調べて欲しいことがあって」

『あは、冗談冗談。なんか、人間味があるリアクションをしたくてね』

テラが布団をぽいっと放ると、布団は何処かへと消えて行った。

「テラって、時々お茶目だよね……。いや、割といつも……かな」

わざわざ、虫眼鏡を取り出したり、パソコンの中でパソコンを弄るアクションをしてくれることを思い出す。

『で、何を調べるんだい？』

「えっと……」

ヨモギは、テラに事情を説明する。

すると、テラはヨモギの話から幾つかキーワードを導き出し、インターネットで検索し始めた。ご丁寧に、パソコンのキーボードを叩くアクションをしてくれながら。

それを、火車は奇妙なものを見る目で見つめていた。

「これは、何だ……？」

「電霊《でんれい》のテラ。きつね堂の経理と、インターネット関連を手伝ってくれているんだ」

「電霊……」

火車は不思議そうに、画面をじっと見つめる。

「電脳世界に住むひと達のことみたい。電脳世界っていうのは、インターネットの概念世界みたいなものらしくて……。大きな括《くく》りだと、現代のアヤカシの一種かなぁ」

画面の中のテラは、『そんな認識でいいよ』と言った。

納得顔の火車に、ヨモギは目を丸くする。

「俺の生活は、火が中心になっているからな。お前も、そういう部分はあるだろう？」

「ど、どうだろう……」

ヨモギが戸惑っていると、千牧は、「あるある」と頷いた。

「俺は、うちのモンの味方か敵かって感じだな」

「家を守る犬神なら、そうなるだろうな」

火車は納得する。

「僕は……稲荷神さまの祠《ほこら》が中心になっているのかな」

ヨモギは、あまり意識したことがなかった。

首を傾げるヨモギに、千牧が助け舟を出す。

「ヨモギは、じいさんの役に立つか否かじゃないか？」

「それだ！」

ヨモギは、かっと目を見開いた。

「祠を大切にしてくれているお爺さんが大事なんだ……！」

「では、祠と老人のどちらかを選ばなくてはいけないと言われたら？」

火車の質問に、ヨモギは心臓を鷲掴《わしづか》みにされたような気持ちになる。

「え……」

「そういう時が、来ないとも限らないだろう」

ヨモギも千牧も、顔を見合わせる。

千牧は家の者が大事なので、自分の神棚よりもお爺さんを選ぶだろう。では、ヨモギはどうするのか。

「僕は……」

お爺さんは大切だ。お爺さんと離れるのは有り得ないし、見捨てることなんて絶対に出来ない。

だが、お稲荷さんの住まいを守らないということは、存在意義を放棄したようなものだ。それに、大切な家族であるカシワにも申し訳が立たない。

「すまない。困らせてしまったようだな」

火車は目を伏せて謝罪する。

「お前にとって、双方が極めて重要であることは分かった」

火車にとって、何気ない質問だったらしい。ヨモギは慌てて、「い、いや、別に謝らなくても」と首を横に振った。

「凄く難しい話だな、って思った。選ぶような日が来ないことを祈るよ……」

『難しい話は終わったかな？』

「ああっ、検索が終わってたんだね！　ごめん、別の話をしてて……」

『いいんだ。大事な話だったっぽいし』

テラはあっけらかんとしていた。テラの性格は独特で、常にさばさばしていたが、ヨモギにとって、気が楽だった。

『で、検索結果なんだけど――』

テラは、キーワードとヒット件数を列挙する。

残り火というキーワードでは引っかかっていないが、居酒屋の幽霊とか、幽霊の居酒屋とか、神田の蜃気楼《しんきろう》とか、そんなキーワードで語られているようだった。

『居酒屋の幽霊とか、幽霊の居酒屋っていう揺れがあるのは、話をまた聞きした人の中で、居酒屋に出る幽霊なのか、居酒屋が幽霊なのかっていう迷いが生じているのが原因のようだね』

「日本語って難しいなー」

千牧は、ふにゃりと天井を仰ぐ。

『どっちにしても、インターネット上のオカルト好きのコミュニティには認知されているようだね。怪談検証動画もアップされているし』

テラは、動画投稿サイトにアップロードされた怪談検証動画を再生してくれる。

すると、神田駅前の飲み屋街が映し出された。正に、先ほどヨモギ達が行った場所だ。

動画の中では怪異は起こらず、結局、信じるか信じないかは視聴者次第という締め方をされていた。

「……動画の再生数、多いね」

ヨモギが気になったのは、そこだった。

検証動画を作っている人は有名らしく、チャンネル登録数も多い。再生数が多いということは、大勢の人に認知されてしまったということだ。

『インターネットは情報の拡散が早いからね。概念の力の増加を加速させる装置になりうるんだ』

テラは、困り顔で言った。

「残り火があそこまで大きくなったのは、これが原因かもしれないな。そして、火種になるのは時間の問題か……」

火車もまた、眉間に皺を刻む。

「火種になったら、火事が起きるのか？」

千牧は問う。

　今のところは、と火車は付け加えた。

　火種となり、炎上の直前になれば、火車にも判断がつく。だが、その時は手遅れである場合が多いという。

「飲食店だから、火を使うしね。どっちにしても、燃えやすそう……」

　放っておいてはまずい、とヨモギは思う。

「火車はいつも、どうしているの？」

「火種になりそうであれば、人の気をそらしたり、退けたりするようにしていた。人の足を遠ざけることで、認知が少しずつ失われていくからな」

　今回も、火種になりそうならばそうしようとしていた。それで、火車は定期的に監視に来ていたが、いかんせん、人の出入りが激し過ぎた。

　それに、近年はインターネットもあり、物理的な方法で遠ざけることが難しくなっている。

「残り火を消すことは出来ないの？」

「人々の認識から消えるようにしなくてはいけない」

　火車は首を横に振った。それが、今回は難しいのだから、手の打ちようがないということらしい。

「あそこが燃えたら、えらい騒ぎになりそうだよな」

千牧はぶるっと震える。

飲食店は隣接しているし、線路も近い。物理的に炎上し、周囲の店舗や、列車に燃え移ったら大惨事になる。

『ネット上の動画を消しちゃう？』

テラはぽつりと問う。

「えっ、そんなこと出来るの⁉」

『出来ないこともないけど……』

食いつくヨモギに、テラは気まずそうに目をそらした。

『ハッキングの領域になっちゃうから、バレたら逮捕されちゃうかも……』

「それは駄目だ……！」

ヨモギは両手で顔を覆った。

きっとその矛先は、この家に住んでいてパソコンの所有者であるお爺さんに向かうことだろう。お爺さんが逮捕されるのは絶対に嫌だったし、ヨモギが逮捕されても、お爺さん達に迷惑を掛けることになる。

『それに、アップロードした人のパソコンに、動画のデータは保存されていそうだしね。

いろんな理由から、動画を消すという手段は失《う》せた。

「残り火自体を消せればいいんだけど……」

「生憎《あいにく》と、俺は火種を嗅ぎ取る力があっても、火を消すことは出来ない」

逆に燃え上がらせることは出来るが、と火車は複雑そうな顔をした。出来るだけ燃えているところを見たくない火車にとって、その力は不本意なものだった。

「だが、消す手段が全くないわけではない」

「そうなの……⁉」

教えて欲しいと言わんばかりに、ヨモギは身を乗り出す。

だが、火車はじっとヨモギを見つめていた。千牧とテラもまた、つられるようにヨモギを見つめる。

「えっ……、もしかして……」

「そうだ。お前だ」

火車は頷いた。

「ぼ、ぼ、僕にそんな力はないんだけど……！」

「だが、稲荷は火伏《ひぶせ》の力を持っている」

「あっ……」

ヨモギは思い出した。

きつね堂が燃えそうになった時、近所の祠の白狐《びゃっこ》達が協力して、火を消してくれたことを。

お稲荷さんには、火伏のご利益も備わっていると言われている。北区《きた》にある王子稲荷神《おうじいなり》社では、火除《ひよ》けの凧守《たこ》を授与しているくらいだ。

「また、稲荷神さまに頼むとか……かな。でも、ここの祠にあるのは、お爺さんが積んだ徳とその分のご利益だし……」

ヨモギは、祠の方をチラリと見やる。

窓の外は夜の闇に閉ざされていたが、祠にある小さな鳥居は、ぼんやりと朱《あか》く浮かび上がっていた。

ヨモギはすがりたくなるものの、首をぷるぷると横に振る。

「あの時は、稲荷神さまが他の白狐に力添えを頼んでくれたけど、今回は、僕が頑張ってみる。お爺さんのお店のことじゃなくて、僕のやりたいことだから」

ヨモギは決意を固め、真《ま》っ直《す》ぐに前を見つめる。

それを見た千牧は、ぱっと表情を明るくした。

「その意気だ！　白狐のところに行くなら、俺も一緒に頼み込むからさ！」

火車は首を傾げる。

「やり方が分からないんだよ。それに、僕は若輩者だから……」

そもそも、そんな力を持ち合わせていない可能性が高い。

だが、俯くヨモギに、火車は言った。

「ならば、年長者に聞いてみるといい。俺は不吉な存在だから稲荷の領域には行けないが、協力出来ることはする」

「うん。有り難う……」

ヨモギは、火車にぺこりと頭を下げた。

「礼を言うのはこちらの方だ。俺に出来ないことを、やって貰っているわけだからな」

『ま、お互い様ってことで』

パソコンの中で、テラはうんうんと頷いた。

「それもそうだね」とヨモギ達は頷く。

誰かが困っているところや、困りそうなところを放ってはおけない。そんな気性の持ち主が、ここに集まっているのだ。

「残り火は何とか消すとして……」

ヨモギは決意をする。しかし、迷いもあった。

千牧達が不思議そうに見つめる中、ヨモギは戸惑いがちにこう言った。

「残り火は、消えたいのかな」

「どういうことだよ」

千牧は不思議そうな顔をする。

「昔の風景を見せて来るの、忘れて欲しくないからだと思っちゃうんだよね」

「……それか、その場所自体が、忘れたくないと思っているからなのかもしれない」

火車は、呟《つぶや》くように言った。

だから、同じ風景が繰り返し浮かび上がる。かつての思い出を、振り返るように。

「何とか、してあげたいね」

ヨモギの言葉に、一同は沈黙する。

彼らは考えていた。どうすれば、残り火に込められた想《おも》いを残したまま、火を消せるのかを。

早い方がいいとのことで、翌日のきつね堂閉店後に、ヨモギ達は件《くだん》の場所へと集まることとなった。

ヨモギは営業時間中、ずっとソワソワしていた。

閉店時間になると、千牧とともにさっさと作業を終わらせ、夕飯はあとで温めて食べられるものにしてくれていた。

「えっと、確かこっちに……」

ヨモギは事前に、テラに神田駅周辺の稲荷神社を調べて貰っていた。テラの話をもとに、西口の繁華街を往《ゆ》く。

夜の街では、人々が居酒屋に吸い込まれるように消えていく。そんな中、ヨモギは繁華街の一角に、石の鳥居があるのを見つけた。

「あった……！」

「おお。こんなところに神社があるんだな！」

千牧も目を丸くする。

石の鳥居は立派だったが、社殿は小ぢんまりとしていた。

それでも、神社特有の厳かさはしっかりと持ち合わせており、ヨモギも千牧も、恭しく頭を下げた。

「あ、あの……、失礼します。お尋ねしたいことがあるのですが……」

ヨモギは、そろりと境内に足を踏み入れる。

すると、社殿に飾られた木彫りの竜が、ぎろりとこちらを睨《にら》んだ気がした。

「ひえっ」

ヨモギは思わず、身をすくませる。

――何用じゃ。

どっしりとした声が、ヨモギを責めるように問う。

「い、稲荷書店きつね堂の狛狐《こまぎつね》のヨモギといいます……。火伏の力をお借り出来ないかと思って来たのですが……っ」

ヨモギは緊張のあまり、声が裏返ってしまった。

だが、先ほどの迫力がある声とはかけ離れた、穏やかな声が続いた。

――ほほぅ、そうか。なるほどな。

「ヨモギ、後ろだ！」

千牧に言われるままに、ヨモギは後ろを振り向く。

すると、境内の一角にあった小さな手水《ちょうず》から、白狐がひょっこりと顔を出しているではないか。

「あ……ど、どうも」

――きつね堂さんのところの子か。よく来たのぉ。

白狐はすらりとした成獣で、狐になったヨモギよりも遥《はる》かに背が高かった。しかし、存在はどうも不確かで、輪郭は揺らいでいるし、向こう側が透けて見える。

「そっか……。狛狐の像がありませんしね」

ヨモギは、小さな敷地にめいっぱい建てられた社殿と祠と、小さな手水を交互に見やる。

どう見ても、狛狐を置くスペースはなかった。

「凄いところに建ってるな。この神社だけ取り残されたみたいだ」

千牧は、社殿を囲むビルをぐるりと見回す。

――昔は、お屋敷の中にあったんじゃがのう。災害続きですっかり焼失し、七転び八起きでこの場所に再建して貰ったんじゃ。

白狐は、遠い目で言った。

「災害って、関東大震災とか……」

――あとは、空襲じゃな。

「ええ、第二次世界大戦もありましたしね」

いずれも、ヨモギがまだ生まれていない頃だ。目の前の白狐はそれらの災厄を、この神社とともに見続けていたのだろう。

「そう言えば、僕のことを知っているような感じでしたけど……」

そういうヨモギも、白狐のことを知っているような気がしていた。

白狐は、長い尻尾をゆらりと揺らす。

――きつね堂が小火《ぼや》に見舞われたじゃろ。その時に、駆け付けた者のひとりじゃよ。

「ああっ！　あの時はお世話になりました！」

ヨモギは土下座をせんばかりに頭を下げる。

――いいんじゃよ。困った時はお互い様じゃ。

白狐は穏やかに微笑《ほほえ》む。お爺さんによく似た、優しい笑顔だった。

「実は――」

ヨモギは事情を話す。

残り火が大きくなり、火種になりそうだということ。そして、ヨモギ達はそれを防ぎたいということ。そして、火伏の力を借りたいということを。

白狐は、真剣な眼差《まなざ》しで話を聞いていた。しばらく考え込むように沈黙していたが、やがて、重々しくこう言った。

――生憎と、儂《わし》はまだ駆け付けることは出来ないのじゃ。

「どうして……ですか？」

――まだ、残り火の状態だからじゃよ。火種にならないと……それこそ、火災が発生する直前にならないと、動けないのじゃ。

白狐は申し訳なさそうに説明する。

そもそも、彼らは神社の境内に縛られていて、緊急時以外は離れることが出来ないそうだ。

「でも、火種になると被害が出る可能性もあるんじゃあ……」

――そうじゃな。すぐにでも、燃え上がる可能性がある。

それからでは、遅いかもしれない。

ヨモギは、一つでも被害を減らしたかったし、思い出の一種である残り火に、何かを傷つけさせたくはなかった。

「白狐って、意外と自由じゃないんだな。いや、むしろ、それが当たり前か」

千牧は独りで納得する。

「確かに、神さまの住まいを守るのが役目だしね」

ヨモギもまた、兄のカシワのことを思い出す。お稲荷さんからのご利益を貰ったヨモギは歩き回れるが、カシワは未《いま》だに、狛狐として微動だにせずにいる。

――そう。ヨモギちゃんが特別なのじゃよ。

白狐は、前脚をぴょこんと上げてヨモギのことを指す。

「僕が、特別……？　っていうか、ヨモギちゃんって……」

――なんだか、孫のような存在じゃからのう。

「そ、それは恐縮です」

親しみを感じて貰えているというのは、悪い気がしなかった。ヨモギが照れくさそうにする中、白狐は「それはともかく」と話を戻す。

――残り火に対して、ヨモギちゃんは火伏の力も使えるはずじゃ。

「そう……なんですか!?」

目を丸くして尋ね返すヨモギに、白狐は深々と頷いた。

――ただし、それにはヨモギちゃんが持っているご利益を使わねばならん。火伏の力を使うとご利益が減り、ヨモギちゃんが人間の姿でいることが難しくなる。

「ええっ」

ヨモギと千牧が、揃《そろ》って声をあげる。

――だからこそ、稲荷神さまはヨモギちゃんにその力のことを伝えなかったのじゃろう。それがゆえに、きつね堂の緊急時は、周囲の白狐を集めたのだ。ヨモギが神通力を行使しなくても済むようにと。

「僕が……、人間の姿でいられなくなる……」

――とはいえ、残り火の消火であれば、それほどの力を使わずに済むじゃろう。逆に、もし火種になったら、儂に教えておくれ。

残り火はまだ、緊急事態ではない。白狐こそ出動出来ないが、小さな力で消すことは出来るという。

「……分かりました」

いたが、「大丈夫」とヨモギは返した。

「誰かに危険が迫っているとしたら、お爺さんも、自らを顧みずどうにかしようとするだろうから」

「……そうだな」

千牧もまた、覚悟を決めたように頷く。

ヨモギは、白狐に火伏の力の使い方を教えて貰い、火車が待つ現場へと急いだのであった。


待ち合わせの時間より、少し遅れてしまった。

ヨモギと千牧が東口の飲み屋街に向かうと、火車の姿はなかった。

「しまった。遅すぎたか……」

千牧は悔しそうに呻《うめ》く。

火車は怒って帰ってしまったのだろうかと、ヨモギは心配になる。だが、火車はそんな性格ではないと、心の中で否定する。

「遅かったな」

声が、頭上から降って来た。

見上げると、そこには黒猫姿の火車がいた。

「火車！」

「人間の姿では目立つからな」

火車はひらりと飛び降りると、ヨモギの前に降り立った。

「残り火を消す方法は？」

「……聞いて来た」

ヨモギは、こくんと頷く。

焦げ臭さが、ちりちりと鼻先を掠《かす》める。昨日は、人が多い時にこんな臭いはしなかったのに。

一刻の猶予《ゆうよ》もないということを、ヨモギは実感する。

「お店の裏手に行きたいんだけど」

「分かった」

ヨモギの要望に応《こた》え、火車は残り火発生地点のすぐ近くにあるお店の裏へと向かう。

大人の人間が一人、通れるか通れないかという場所だったので、千牧は犬の姿へと転じた。

「きっついな……！」

「千牧君、ほっぺたが潰《つぶ》れてる……」

うように通れない。

　痩せた火車と小さなヨモギは、先に店の裏手へと出た。

　ヨモギは、きょろきょろと辺りを見回し、人がいないのを確認する。そして、ポケットに入れていたチョークで、お店の壁に鳥居を描き始めた。

「それは……？」

　火車は目を瞬かせる。

「火伏のおまじない。ここに、稲荷神さまに通じる道を作るんだって。そうすると、火伏の結界が生まれるみたい」

　その道を作る際に、ヨモギは自分の力を削らなくてはいけないという。

「でも、これでお店が守れるなら……」

　辺り一帯のお店もまた、きつね堂のように、今生きている人の思い出が詰まっていて、生活を支えているものだろう。

　ヨモギは、お爺さんやきつね堂のようなお店を救いたかった。

「稲荷神さま、どうか火種からこの一帯を守って下さい……」

　ヨモギが手を合わせると、ふと、風が止まって静かになった。

　耳元で、何かを囁《ささや》かれたような気がする。優しいその声は、お稲荷さんの声だとヨモギは確信していた。

それと同時に、焦げ臭さがすっと嘘のように引いていく。

「あっ……」

ヨモギの脳裏に、あのモノクロの写真のような飲み屋が過《よ》ぎった。

店先に構えられたカウンター席には、古風な服装の人達がいた。

すっかりお疲れの人や、お酒を飲んで明るく笑っている人、酔いつぶれて眠ってしまっている人がいる。服装こそ違っていたが、今の人と変わらない昔の人達の生活が、そこにあった。

これが、残り火の思い出か。

人々の笑い声が、温かく響く。だが、それはやがて、炎に包まれた。

笑い声が唐突に消え失せて、痛みだけが、棘《とげ》のように胸に残る。

やがてそれは、焦げ臭さとともに消えてしまった。

「残り火が……消えた……」

火車は目を見張る。

「君がそう言うなら、成功なんだろうね……」

ヨモギの目からは、いつの間にか、涙がこぼれていた。

「大丈夫か？」

甲でごしごしと涙を拭い去った。

「ちょっと、切ない気分になっちゃっただけ」

「残り火に中《あ》てられたのか」

火車は心配そうだったが、ヨモギは首を横に振った。

「残り火が、思い出を分けてくれたんだよ」

ヨモギは、しっかりと顔を上げて笑顔を作る。

チョークで描いた鳥居は、いつの間にか消えていた。都会を抜ける風も元通りになり、アルコールのにおいと喧騒《けんそう》を運んで来る。

だが、あの焦げ付いた臭いは、全くしなかった。

火車は感心したように、鼻をひくひくさせた。

「流石は、稲荷神の遣いだな。こうもあっさり、残り火が消えるとは」

「えへへ……。先輩白狐さんと、稲荷神さまの力だけどね」

ヨモギは、照れくさそうに頭を掻《か》く。

「だが、代償はあったのだろう？」

「……どうだろう」

ヨモギは、自分の小さな手をそっと開いてみせる。

すると、一瞬だけ、人間の子供の手の輪郭が、蜃気楼のように揺らいだ気がした。その代わりに、石像の狛狐の手が現れる。

「……っ！」

ぎょっとして、ヨモギは目をそらした。

「どうした？」

火車は心配そうに首を傾げる。ヨモギは、恐る恐る自分の手を見直してみたが、特に変化は見られなかった。人間の少年の幼い手が、そこにあるだけだった。

「……いや、何でもない……」

生きた心地がしない。

全身に、どっと嫌な汗が滲《にじ》んだ。血の気が引いたからか、ヨモギの手は石像のようにひんやりしていた。

見間違いだろうか。

そう思うヨモギであったが、奇妙な喪失感も生まれていた。それは、お稲荷さんに繋《つな》がる道を作るために、失った力の分だろう。

ヨモギの動揺を悟ったのか、火車は申し訳なさそうに目を伏せた。

「すまないな。だが、感謝する」

ヨモギはなんとか気を取り戻すと、火車に応じた

「……必要な時は、駆け付けよう。俺が出来ることは限られているが、呼んでくれ」

「火車……」

深々と頭を下げる火車に、ヨモギもまた、つられるように首《こうべ》を垂れた。

この力は多用してはいけない。

ヨモギは、自らに言い聞かせる。むやみに使えばどうなるか、今しがた、見せつけられたような気がした。

「何はともあれ、解決して良かったな！」

千牧は明るい声で言った。建物と建物の間に、挟まれながら。

「まだ挟まれてるの⁉」

前脚と後ろ脚をじたばたさせる千牧に、ヨモギはぎょっとする。

その声を聞きつけて、店先にいたスーツ姿のおじさん達が、ひょっこりと狭い通路を覗《のぞ》き込む。

そこで、大きな秋田犬が挟まっている様子を見つけ、目をひん剝いていた。

「おい、ワンちゃんが挟まってるぞ！」

「大将！　あんたのところの店の裏に、ワンちゃんと男の子が！」

おじさん達は、お店の人を呼びに行ったり、犬を救助するには何処に通報すべきか検索

をしたり、大騒ぎになってしまった。

「あわわわ。別の意味で火種が……！」

ヨモギは逃げようにも、退路に千牧が挟まれているのでどうしようもなかった。

そんな千牧を救出しようにも、顔とお尻《しり》がつっかえてしまって、前脚を引っ張ると痛がるほどだった。

あれよあれよという間に、お店の店主と通行人と、駆け付けたお巡りさんで退路が塞がれていく。

火車は、気付いた時にはいなくなっていた。猫は身軽なので、塀や屋根を越えて去って行ったのだ。

その後、辺りは、ワンちゃん救出作戦で騒然となった。

千牧が助けられたのは発見から二時間後で、神田の人達が手を取って喜び合う中、ヨモギも千牧もぐったりしていたのであった。

翌朝、新聞の片隅に神田のワンちゃん救出作戦の記事が掲載されていた。

「ワンちゃんが助かって良かったなぁ」と、文章だけの記事を見て顔を綻《ほころ》ばせるお爺さんに、実は当事者であるヨモギと千牧は心中複雑だった。

「救出の時にぺったりついていられたしね」

押しても引いてもびくともしなかったため、千牧は液体せっけんを全身に浴びせられ、ぬるぬるになったところで救出されたのだ。

「まあ、お陰で毛艶が良くなったけどな！」

「千牧君はポジティブでいいね」

明るい顔で店内を掃除する千牧に、ヨモギは純粋な感想を述べた。何でも前向きに捉えられるのが、千牧の大きな長所と言えよう。

「それにしても、新聞に載るくらいだったら、きつね堂の宣伝でもすればよかったな」

「ははは……、確かに。とっさのことだと、つい、忘れちゃうね」

ヨモギはそう言って、苦笑した。

「でも、今回はお騒がせしちゃったわけだし。きつね堂の宣伝は、地道にやるのが一番だよ」

ヨモギの言葉に、「それもそうか」と千牧は納得した。

「因みに、何をしてるんだ？」

千牧は、棚に面陳された本を入れ替えているヨモギに首を傾げる。

ヨモギの手には、昔の神田の写真が載っている本が携えられていた。

「残り火が忘れて欲しくなかった風景、みんなに知って欲しくて」

た。ヨモギは、ぱらぱらとページをめくる。すると、白黒写真の街並みが、次々と姿を現し

「これって、神田なのか……？」

高いビルがなく、道路も舗装されているとは言い難い。煉瓦《れんが》造りの建物があり、トタン屋根が並び、ブリキの煙突がときおり突き出していた。

「うん。関東大震災や、戦争の前の神田の写真。こういう、かつての姿を知って貰うことで、残り火の発生も減らせるような気がするんだ」

「そうだな。街の記憶を人の中に移せば、街も寂しくないもんな……」

街が寂しがっている。

かつての記憶が残り火となって現れる現象を、ヨモギはそう捉えた。失われてしまった過去を想い、かつての姿を人々に知って貰おうと訴えているように思えたのだ。

「兎内さんには、かつての神田の特集を組んで貰えないか相談してみるよ。兎内さんはきっと、おばけの話よりそっちの方が好きだろうし」

「だな！」

ヨモギの提案に、千牧は大きく頷いた。

「それにしても、火種って言っても、色々あるんだな……」

千牧は、シャッターを上げながら、しみじみとそう言った。

って来たお客さんを迎えようと、張り切っているように見える。

「火車は、今回みたいな火種も見て来たんだろうね……」

彼は、自分が不吉だと自覚していた。赤の他人の心配が出来るほど、優しい心の持ち主なのに。

今も尚《なお》、出来るだけ、人と関わらないようにして過ごしているのだろうか。

そう思うと、ヨモギの胸が少し痛んだ。

その時である。

道路を挟んだ向かいのお店の女主人が、「あら、タマちゃん」と明るい声で塀の上に話しかけているのが聞こえた。

「タマ？」

ヨモギと千牧が、不思議そうに女主人の視線の先を見やる。するとそこには、痩せぎすの黒猫が佇《たたず》んでいた。

「火車……？」

女主人が、「タマちゃん、おいで。タマちゃーん」と呼んでいるのは、どう見ても火車だった。

火車は女主人の様子を窺うようにじっと見つめていたが、やがて、「ナァーン」と鳴いて塀から降りて来た。

「おお、可愛《かわい》いわね。ご飯は食べてるの？　うちで、ちゅるちゅるするやつ食べる？」

女主人は、とろけるように顔を綻ばせて火車を撫でる。火車は無表情で、なされるがままになっていた。

「……火車のやつ、いつの間にか、向かいのばあさんに懐いてたんだな」

「あの場合、懐いているのはお婆《ばあ》さんの方かな……」

やがて、女主人は無抵抗の火車を抱っこして、店の中へと引っ込んだ。ちゅるちゅるするやつとやらを、こっそりと与えるつもりなんだろう。

「なんか、意外と上手くやってるのかも……」

「だな……」

火車は、必要以上に他人と関わろうとしない。

だけど、火車を放っておけない他人が、彼を構いに行くのだ。そんな人達が、この辺りにはたくさんいるような気がする。

「火種は火車が見守ってくれているし、僕達は僕達の仕事をしようか」

「ああ！」

開店時間まで、あと少しだ。

けたのであった。

小噺

ヨモギ、恋のことを考える

その日は、日曜日だった。

きつね堂の休業日なので、ヨモギと千牧は神田の街を散歩していた。空は良く晴れていて、雲一つない青空だった。

「神田明神は、今日も人がいっぱいだね……」

「ああ、流石《さすが》だな」

ヨモギと千牧は、動画の一件以来、神田明神にお参りするのが習慣になっていた。

あれから、動画を見てやって来たというお客さんが、ちらほらと増えている。それは、大黒さまのご縁もあるのかもしれない、と。

「でも、大黒さまが手を出してない可能性もあるんだよな？」

千牧は、食事処《しょくじどころ》のにおいに引き寄せられて、ふらふらとそちらに歩み寄りながら言った。

「まあね。でも、誰《だれ》かに感謝をする心っていうのは、持っていて損はないと思うよ。僕達は、人間のそういう心に生かされているし」

「確かに」

ヨモギに服の裾《すそ》を引っ張られて連れ戻されながら、千牧は相槌《あいづち》を打つ。

いと思うから」

「挨拶は大事だよな！　他の神さまにも挨拶をしていこうぜ！」

千牧は、歯を見せて笑った。

朱色の門をくぐると、厳かな社殿がふたりを迎える。

ヨモギも千牧も、ぺこりと頭を下げながら社殿へと歩み寄った。

ちょうど、熱心に手を合わせていた男性と入れ違いで、ヨモギと千牧は大黒さまに挨拶を済ませる。彼らの後ろには、目をぎらぎらさせた女性が待っていた。

「おおぅ……」

女性の気迫に圧倒されつつ、ふたりは道を譲る。

聴覚が鋭いふたりは、すれ違いざまに、女性が呟《つぶや》くのを聞いてしまった。

「……結婚出来ますように。結婚出来ますように結婚出来ますように」

呪文じみたその呟きに気圧《けお》されながら、ヨモギと千牧はその場からそそくさと離れた。

「なんか、凄《すご》い人だったね……」

「ああ。結婚相手の外見と年収まで大黒さんにリクエストしてたな……」

女性は長々と手を合わせていた。きっと、良縁に恵まれたくてしょうがないのだろう。

「僕達の前で手を合わせていた男の人も、彼女がどうのって言ってた気がする……」

「それじゃあ、その二人が付き合えばいいんじゃないか?」

千牧は、名案と言わんばかりに表情を輝かせた。

「いやいや。女の人の理想の男性像は、身長が百八十センチで胴体より脚の方が長い人みたいだから、駄目だと思う……」

男の人の背の高さは平均程度だったし、脚が特別長いわけでもなかった。

「というか、脚の方が長いっていう時点で難しくないか?」

「難しい条件だからこそ、神頼みなのかもね……」

件《くだん》の女の人は、ようやくお祈りを終えて、社殿の前から立ち去るところだった。彼女の後ろに並んでいたのが、幸せそうなカップルだったため、女の人は鬼の形相で睨《にら》んで去って行った。

「おっかないな……」

「うん……」

女の人が心穏やかに過ごせるように、とヨモギは祈りつつ、千牧とともにそっとその場を離れた。

「そう言えば、人間のつがいも多いな」

「言い方」

ヨモギは千牧の脇腹《わきばら》を、軽く小突く。

「ええっ、ったいったいだえ」

千牧が非難じみた声をあげると、周囲の人々はぎょっとした目で千牧を見つめた。ヨモギは、気まずそうに声を潜ませる。

「大きい声で言わないの。カップルって言いなよ」

ヨモギに指摘され、千牧は「ああ！」とハッとした。

「それか、アベックな！」

「アベックって、古い言葉だったような……」

お爺《じい》さんがたまに使っているのを聞くくらいだ。お客さんの口からは、聞いたことがなかった。

「まあ、どっちでもいいじゃん。仲睦《なかむつ》まじきことは美しきことかな」

千牧は急に年寄りっぽい表情になって、うんうんと頷《うなず》いた。それについては、「そうだね」とヨモギも同意する。

「それにしても、確かにカップルは多い気がするね」

手を繋《つな》いだり、楽しくお喋《しゃべ》りをしたりしている二人組が多い。

「大黒さんが縁結びの神様だからなんだろうな。縁が欲しかったり、縁を結べたことを感謝したりして来るんじゃないか？」

「そうだね。縁結びっていうと、真っ先に恋人のことが出て来る人が多いみたいだし」

ヨモギは、何となく耳を澄ませる。

すると、すぐ近くを通り過ぎた男女が、結婚式の式場の話をしているのが聞こえた。

「あっ」

「どうしたんだ、ヨモギ」

「ここって、結婚式場にもなってるみたい。あの人達、その下見だって」

ヨモギは、千牧にこっそりと耳打ちをした。

どうやら、神田明神では神前結婚式のブライダルフェアをしているのだという。

社殿で百人近くが参列出来るとか、和洋折衷のコース料理が出るとか、そんな話をヨモギは耳にした。

「へー。神前結婚式って、もっと厳かだと思ったけど、普通の結婚式場みたいな感じなんだな」

「うん。和服だけじゃなくて、ドレスやモーニングも用意されてるみたい」

流石は縁結びの神様、とヨモギと千牧は、尊敬すら混じる眼差《まなざ》しで社殿を眺めた。

「それじゃあ、式場の下見をしに来ているカップルも多そうだな」

「そうだね。結婚式をやるとしたら、きっと素敵なんだろうなぁ」

ヨモギは顔を綻《ほころ》ばせた。

「ヨモギも結婚したいのか？」

ヨモギは、ぎょっとした顔で千牧を見やる。

「そっか。ヨモギもついに色気づいたのかなと思ったけど」

「色気づいたって……。僕は特に、そういうのには興味がないよ」

元々は、お稲荷《いなり》さんの祠《ほこら》を守る狛狐《こまぎつね》だ。色恋沙汰に縁があるようなものでもなかった。

「兎内さんとは仲がいいじゃないか」

「兎内さんは、パートナーとなる人が良い人だったら祝福するし、悪い人だったら嚙《か》みついちゃうかな……」

「保護者の目線かぁ」

「僕は兎内さんが好きだけど、家族になりたいわけじゃないから……」

ヨモギの言葉に、千牧は「なるほどなー」と納得していた。

「そういう千牧君は？」

「うーん。俺《おれ》も特に、そういうのはないな。生前だったら、もうちょっと違う感じはしたと思うんだけど」

「生前」

ヨモギは千牧に尋ねるような視線を送る。

「あれ？　犬神をどうやって作るのか、ヨモギは知らないのか」

千牧は目を瞬かせると、かいつまんで説明をした。

犬神というのは、飢餓状態の犬を殺して、その頭蓋骨《ずがいこつ》を器に入れて祀《まつ》ることで生み出されるという。

他にも、飢餓状態で殺した犬の頭部を辻道《つじみち》にさらしたり、複数の犬を戦い合わせて、最後の一匹になった犬を呪術に使ったりという方法があるらしい。

古代中国の蠱術《こじゅつ》が民間に伝播《でんぱ》したもののようで、古い呪術なのだという。

「犬神を作る方法はいくつかあって、地域によるみたいなんだよな。俺が犬神になったのはかなり前だから、その頃《ころ》の記憶はあんまりなくってさ」

千牧の説明を、ヨモギは黙って聞いていた。

「ヨモギ?」

「……あ、うん。なんか、凄《すさ》まじい過去を持っていたんだなと思って」

ヨモギの顔は、すっかり青ざめていた。

晴れた日曜日に、幸せそうなカップルで満たされた境内で話すような内容ではない。

思いのほか重々しかったカミングアウトに、ヨモギはしばらくの間、かける言葉を探していた。

「その……。そんな過去を持っているのに、千牧君は明るくて凄いよね」

千牧はさらりと言う。

「なんだかんだ言って、犬神としては大事にされていたし」

「そっか……。千牧君がいいなら、それでいいんだ」

ヨモギは、小さな手でぽんぽんと千牧の背中を撫《な》でた。

千牧を犬神にした人も、生前の千牧が憎くて蠱術を行使したわけではないはずだ。だからこそ、千牧を丁寧に祀ったのだろう。

「千牧君は達観しているから、生前があったのは、ちょっと意外だったかな」

「でもまあ、祀られてからが犬神だし、生前は俺であって俺じゃないのかもしれないな」

「それは哲学的な話になるね」

首を傾《かし》げる千牧と一緒に、ヨモギは首を傾げてみせる。

ふたりが小難しい顔をする中、イチャイチャしながら社殿へ向かうカップルが目の前を通り過ぎていった。

じゃれ合う若い男女を眺めながら、ヨモギはぽつりと言った。

「ここでする話でもなさそうだし、行こうか」

「そうだな。この後どうする？」

まだ、陽《ひ》が高い。

きつね堂に帰ると、読書をするか仕事をするか、お爺さんとのんびり過ごすかになる。

だが、ヨモギはもう少し太陽を浴びたい気分だった。

「何処《どこ》かに行こうか。せっかくだし、万世橋の方へ」

「そうだな。美味《うま》いものを見つけたら、じいさんに買って帰ろうぜ！」

千牧は無邪気に笑ってみせる。

千牧の出生の秘密を知ってしまったヨモギは、そんな姿すら健気《けなげ》に見えてしまって、心の中でホロリと涙したのであった。

動画を撮った時のことを思い出しながら、ヨモギは坂道を下って万世橋へと向かう。

徐々に近づく秋葉原の高いビルを眺めながら、ヨモギと千牧はのんびりと歩いた。陽光は温かく、ふたりに燦々《さんさん》と降り注ぐ。

「あー、犬の姿になりたい」

千牧は心地よさそうな顔をしながらも、ぽつりと呟いた。

「その気持ちは分かるよ。でも、ちょっと我慢してね」

ヨモギは、諭すように言った。

「えー。別にいいじゃんか。散歩してる犬だっているし」

った。

見た目だけは。

「千牧君が犬の姿になって喋《しゃべ》っていたら、みんなが注目しちゃうから……」

「はっ……！」

千牧は、根本的な問題にようやく気付く。

「スマホを構えた人が押し寄せて、テレビ局もやって来ちゃう……」

「でも、そこできつね堂の宣伝をしたら集客倍増じゃないか⁉」

これだ、と言わんばかりに千牧は手を叩《たた》く。

「本当に、ちょいちょい商魂の逞《たくま》しさを見せるね⁉」

「じいさんの店を守るためだしな」

千牧はきりりと表情を引き締め、イケメン度二割り増しになった。

「僕にも、そのハングリーさが必要なのでは……」

真剣に考えるヨモギだったが、「いやいや」と首を横に振った。

「喋る犬なんて前にしたら、宣伝なんてみんな聞かないよ！　千牧君が話してる内容よりも、千牧君にばかり注目するから！」

「そ、そういうもんか。それじゃあ、あんまり意味がないな」

「それどころか、何処かの研究機関が千牧君を欲しがるかもしれないし……。君はもう、そんな他人の欲望の犠牲になる必要はないんだよ！」

千牧の過去が衝撃的だったのか、ヨモギは千牧の腕に必死にしがみついた。

「お、おう。ヨモギを悲しませたくないしな。犬の姿は我慢するぜ」

そんなやり取りをしているうちに、ヨモギ達は万世橋へと辿《たど》り着いた。

万世橋駅跡には、煉瓦《れんが》造りの高架橋を再利用した商業施設――マーチエキュートがある。

ふんわりと香る珈琲《コーヒー》の匂《にお》いに引き寄せられるように、ヨモギ達は施設へと近づいた。

「じいさんに、何を買って帰ろうか」

「ここは珈琲豆を挽《ひ》いてくれるお店があるし、珈琲を買って帰ろう」

「だな。じいさん、たまに珈琲を飲みながら本を読んでるし」

普段は、主に日本茶を飲んでいるお爺さんだったが、たまに、珈琲を淹《い》れる時がある。

何でも、昔は神保町の喫茶店で、ウインナーコーヒーを飲みながら本を読んでいたこともあったらしい。

お爺さんが淹れるのはドリップコーヒーだったけれど、使い込まれたカップに口を付ける姿は、やけに様になっていた。

「あのカッコいいじいさんを見たいし、珈琲で決まりな」

行こう」

ヨモギと千牧は頷き合う。

マーチエキュートは、オシャレな飲食店が多い。

中には、万世橋駅のホームだった場所で飲食をしながら、間近を走る電車を眺められるというレストランもあった。

「それにしても……」

「人が多いな……」

古い橋を利用した高架下の商業施設なので、内部は特別広いわけではない。そんな中、主に二人組の人々がひしめき合っていた。

「この人達、カップルかな」

「ここもデートスポットなんだろうなぁ」

先ほど、神田明神で見かけたカップルを何組か見つけた。彼らはインテリアショップで洒落《しゃれ》た家具を見ていたが、その背後も通りすがる人でひしめき合っている。

ゆっくりと見られる雰囲気ではない。

ヨモギと千牧は足早にコーヒーショップまで赴き、豆を選ぶことにした。

だが、外に面したコーヒーショップもなかなかの人入りだった。店員さんは忙しそうにお客さんの応対をしていて、ヨモギと千牧が声を掛ける隙《すき》はない。

「珈琲の種類って、そこまで詳しくないんだけど……」

ヨモギは、千牧に助け舟を求めるような視線を送る。

「俺だってそこまで詳しくないぜ。じいさんが飲んでるのって、どんなのだっけ」

「袋に、ヤギっぽい生き物のキャラクターが描《か》いてあったのは覚えているんだけど」

「ヤギの豆ってことか……？」

「それは意味が分からないよ……」

ヨモギは、震え声でツッコミをした。珈琲の豆が木になるということくらいは知っている。

「いや、でも、ジャコウネコの身体《からだ》を通った豆を使う珈琲の話を聞いたことがある……！」

「それじゃないか⁉」

戦慄《せんりつ》するヨモギに、千牧は叫ぶ。

「それじゃあ、ヤギの身体を通った豆を、お爺さんが……」

「ジャコウネコがあるなら、ヤギもあるだろ」

当然と言わんばかりに、千牧は頷く。

「でも、あのヤギのキャラクターって頻繁に見かけるような……」

「こんな時に、亜門《あもん》さんがいたら……！」

神保町で出会った、眼鏡をかけた魔法を使う紳士のことを思い出す。彼は珈琲にこだわりがあるようだったし、こんな時に助けてくれるに違いない。

そんな時、ヨモギと千牧の間に、すっと割り込む影があった。

「お困りかな？」

「亜門さん⁉」

ヨモギは歓喜の涙を浮かべながら振り返る。

しかし、そこにいたのは中折れ帽を目深にかぶり、上等なジャケットを纏《まと》った紳士だった。

一瞬だけ、亜門と雰囲気が似ていると思ったヨモギだが、紳士は皮肉めいた笑みを口元に添え、危険な色香に満ちていた。

千牧が、ほんの少し顔を顰《しか》める。

「残念ながら、彼ではない。しかし、吾輩《わがはい》は彼と知り合いでね。その名前を耳にしたから、声を掛けずにはいられなかったのさ」

「吾輩」

連鎖的に、夏目《なつめ》漱石《そうせき》の著書を思い出し、猫の方ですか、とヨモギは問いそうになる。

一方、千牧は警戒した表情のまま、紳士のにおいをスンスンと嗅《か》いでいた。

「吾輩から、何か匂うかね？」

「牛と羊のにおいがする」

千牧は、珍しく顔を顰めたままそう言った。

「靴が牛革だからではないかな。それに、ランチに子羊を食したものでね」

「うーん」

腑《ふ》に落ちない表情のまま、千牧はぐるぐると紳士の周りを回る。そんな彼を、ヨモギがやんわりと制した。

「大丈夫、亜門さんの知り合いみたいだし」

「ヨモギがそう言うなら……」

千牧は紳士をねめつけながらも、露骨に警戒するのをやめた。

だが、ヨモギも「多分」と心の中で付け足さざるを得なかった。何せ、目の前の紳士は、胡散臭《うさんくさ》いオーラに満ち満ちているのだ。

（亜門さんもそうだけど、お知り合いは個性的なひとが多いな……）

嵐《あらし》のようにきつね堂へ訪れたコバルトもまた、姿も性格も個性的だった。

「安心したまえ。君達を甘言《かんげん》で惑わそうという気はない。ただ、隣人として助言をしたくてね──

甘言なんていう言葉がいきなり出て来るところや、隣人なんて気軽に言ってしまうところがまた、胡散臭い。

少し腰が引けているヨモギ達だったが、紳士は気にせずに話を続けた。

「君達の言うヤギのパッケージとやらは、これかな？」

紳士は自分の携帯端末を操作し、画面を見せてくれた。

「あっ、これです！」

「これ、俺も見たことがある！」

「ふむ。このヤギは、全国展開しているコーヒーショップのイメージキャラクターだ」

紳士に言われて、ヨモギと千牧はハッとした。

「俺、出掛けた時に見たぞ！」

「言われてみれば、確かに……」

ヨモギにも、うっすらと覚えがある。そこそこの規模の商業施設にあったはずだ。

「このショップの商品には、かなりの確率でこのヤギが印刷されている。残念ながら、ヤギの落とし物ではないわけだ」

紳士はにやりと笑った。ヨモギと千牧は、命拾いしたと言わんばかりに胸を撫《な》で下ろした。

「危なかったです……。ヤギの落とし物コーヒーを、ひたすら探すところでした……」

「ヤギは、吾輩も聞いたことがないな。ジャコウネコのコピ・ルアク、サルのモンキーコーヒー、狸《たぬき》のタヌキコーヒーなどがあるが」

「タヌキ……」

「コーヒー……」

ヨモギと千牧の脳裏に、菖蒲の姿が過《よ》ぎってしまう。

「タヌキコーヒーは、出荷前の完熟豆を食べられてしまった農家の者が、狸が排泄《はいせつ》した豆を試しに洗って珈琲を淹れたところから始まったそうだ。そこで、味わったことのない美味しさを知り、狸の体内で程よく発酵したものが良いということが分かったわけだな」

どの落とし物の珈琲もそんなものだ、と紳士はなんてことのないような顔で言った。

「マジか……。狸にそんな力があるのか……」

千牧は、「出版社じゃなくて珈琲屋になればいいんじゃないか……？」と首を傾げていた。

「まあ、ブラック・アイボリーという象由来の珈琲豆もある。意外と、君達の体内で発酵させても美味いかもしれないぞ」

「……試すか、ヨモギ」

千牧が真剣な眼差しで、ヨモギを見つめる。

「い、嫌だよ！」

ヨモギは全力で首を横に振った。

「っていうか、僕達の正体を知ってるんですか……⁉」

「侯爵殿――亜門から聞いているのさ。君達の名前を聞いて、ピンと来た」

「いや、でも、千牧君は……」

ヨモギの正体は亜門に知られているが、千牧までは知られていなかったはずだ。

紳士は、底の見えない不透明な笑みを浮かべてみせる。

「君達がにおいで何かが分かるように、吾輩もまた、多少は鼻が利くものでね。霊力を持った狐と犬のにおいというのは、隠せるものではない」

ヨモギは、ごくりと固唾《かたず》を呑《の》む。

一方、千牧は自身のにおいを、ふんふんと鼻を鳴らして嗅いだ。

「俺、犬臭いのかな……」

身体は洗ってるのにな、と些《いささ》かショックを受けていた。ヨモギは、そんな千牧の背中をよしよしと撫でながら、紳士と改めて向き合う。

「お爺さんが飲んでいた珈琲が、ヤギの落とし物由来じゃないのは分かりましたけど、どうしてパッケージにヤギが？」

「珈琲の豆が出来る、コーヒーノキを発見したきっかけになったからさ」

紳士は、さらりと答えた。

曰《いわ》く、カルディという人物が放し飼いにしていたヤギが、興奮した様子で夜も眠らないということがあったのだという。そこで、ヤギが食べたものを調べたところ、コーヒーノキの実が原因ではないかと判明した。

その話を聞いた僧侶《そうりょ》が、焙煎《ばいせん》した豆の煮汁を修行に役立てたのをきっかけに、珈琲が広まったのだという。

「まあ、珈琲豆を食べて興奮した生き物は、ヤギ説と羊説があるがね」

「おお……。勉強になりました……」

ヨモギは、すっかり紳士の話に聞き入っていた。警戒心は、いつの間にか消えていた。

「その時は、ヤギが食べて落としたやつを使ったわけじゃないんだな」

「千牧君、もう、落とし物の話題から離れようよ……」

ヨモギはがっくりと項垂《うなだ》れる。

そんなふたりを見て、紳士はふっと笑った。

「これも縁だ。珈琲を土産にするなら、吾輩も手伝ってやろう。多少ではあるが、詳しいのでね」

「是非！」

どれがどんな味が尋ねようにも、店員さんは他のお客さんの応対に追われていて、お店の忙しさを知っているヨモギは、そんな店員さんの手間を少しでも減らしたかった。

幸い、紳士は何度かこの店を利用しているらしい。

ヨモギや千牧にはサッパリ分からない横文字の名前の珈琲も、コクがあるとか甘みがあるとか詳しく教えてくれて、とても助けられた。

結局、ふたりは上品な味わいがするという珈琲を買った。

お爺さんはあまり濃い味を好まないようなので、風味が優しく、じっくりと味わえるものが良いと思ったのだ。

お会計が終わる頃には、店内は更に混雑していて、ふたりは紳士に導かれるようにして外へと這《は》い出した。

涼しい風が、神田川のにおいを運んで来る。

外の通りにも、なかなかの賑《にぎ》わいがあった。

「店内もカップルだらけだったよな。何組か入って来ると、あっという間に溢《あふ》れちゃうよなぁ」

千牧は、店内と通行人を交互に見やる。

「カップルだと、必ず二人だからね。お一人様の二倍だから」とヨモギは言う。

「そのまままきつね堂に来てくれれば、売り上げも二倍なのにな」

「今日来られても困るからね⁉」

休業日なので、シャッターが閉まっている。それに、月曜日にやろうと思っている作業の道具も置きっ放しで、お客さんを迎えられる状態ではない。

「あと、例外を作ると大変になるぞって、三谷お兄さんに言われたんだ……」

「例外？」

「開店時間前や、閉店時間後なのに、買い物をさせろってシャッターや自動ドアをこじ開けようとするお客さんがいるんだって……」

「それ、やべーな」

三谷が体験した話ではなく聞いた話だそうだが、閉店してレジ締めをした後に、店に店員がいることを理由に買い物をさせろと要求した人がいたそうだ。

「それはともかく」とヨモギは話題をおいておく。

「今日は有り難う御座いました。お陰様で、お爺さんへのお土産も買えました」

ヨモギは、紳士に向かってぺこりと頭を下げる。千牧もまた、「ありがとな！」と元気よく頭を下げた。

「ああ、気にしないでくれ。その礼として、例外的に君達の店に行きたかったのだがね」

紳士は、苦笑交じりで肩を竦める。

「あわわわ、スイマセン……。ご案内したいのは山々なんですが——

「なぁに、構わんさ。日曜日以外はやっているのだろう？」

「ええ、勿論《もちろん》！」

ヨモギは、紳士に勢いよく頷いた。

紳士は亜門から話を聞いた時に、きつね堂を是非とも訪れてみたいと思ったとのことだった。

「亜門さんの口コミでお客さんが増えている……」

ヨモギは感動する。

「増えているということは、吾輩以外にも何者かが訪れたのかな？」

「ええ。コバルトさんが」

「ほう」

コバルトの名前を聞いた瞬間、紳士の表情が固まった。

「あ、あれ？　もしかして、コバルトさんとはそんなに……」

「吾輩は、静かに本を選びたいのでね」

紳士は、ぴしゃりと言った。ヨモギと千牧は、全《すべ》てを察したように「ああ……」と相槌《あいづち》を打った。

「鉢合わせないことを祈りましょう……」

主に、お稲荷さんに祈ればいいのだろうか。専門外だろうけど。

「因《ちな》みに、貴店は恋愛小説が得意かな?」

「へっ?」

ヨモギは思わず、素《す》っ頓狂《とんきょう》な声をあげてしまった。

「カップルが来たらいいのにと言っていただろう。てっきり、恋愛小説が多いのかと思ったものでね」

「いや、それは単に人数的な意味で……」

紳士は試すような目で、ヨモギのことを見つめている。ヨモギは、手のひらに汗が滲むのを感じた。

きつね堂は、恋愛小説が得意なわけではない。むしろ、苦手な方かもしれない。

ヨモギも千牧も恋愛には疎いので、積極的に発注しないからだ。

「恋愛小説って、うちはあんまりないよな。よく分からな――」

「千牧君!」

素直に喋《しゃべ》ってしまう千牧の口を、ヨモギの小さな手のひらが勢いよく塞《ふさ》いだ。ばちんという音がして、千牧は涙目になって口を押さえる。

「いててて……」

「ご、ごめん……。つい……」

余計なことを言って、お客さんに不信感を持たせたくない。そう思った目にぎゅうっとが、紳士はしっかり聞こえていたようだった。

「恋愛が分からない、か。なるほど、なるほど」

「スイマセン……。どうも、そっち方面は疎くて……」

「それはいけないな」

紳士は、深刻ぶった表情で言った。

「君達はもっと、恋愛を知るべきだ。そうすることが、客人をもてなすヒントになるんじゃないかな？」

「それはごもっともで……」

「ってことは、恋愛に詳しいのか？」

千牧は、期待の眼差しで紳士を見つめる。「勿論だとも」と紳士は頷いた。

「他者に心惹《こころひ》かれてこそ、人生に潤いが出るというものだ。また、他者と交わることで刺激になる」

紳士は、演説でもしているかのように饒舌《じょうぜつ》に語り出した。彼の言うことにヨモギも納得することがあり、千牧とともに、「ふむふむ」と耳を傾けた。

「また、欲しいと思ったものをいかに手に入れるかということで、張り合いも生まれるからな。吾輩の長い人生に、恋愛は必要不可欠なのさ」

紳士はさらりと人生が長いと言っているが、見た目は亜門と同じくらいで、それなりに若い。ヨモギ達と同じく、見た目と実年齢が一致しないのだな、とヨモギは納得する。

「でもよ。長い人生でそれだけ刺激が欲しかったら、いっぱい恋愛しているってことになるよな」

千牧は純粋な疑問を紳士にぶつける。

「勿論」

「その、欲しいって思ったことを成就させたことって……」

「沢山ある」

紳士は、さらりと言った。

「……まさか、お相手を泣かせた数も……」

ヨモギの脳裏に、嫌な予感が過ぎる。だが、紳士は、「それは本意ではない」と否定した。

「じゃあ、お嫁さんがいっぱいいるんだな！」

千牧は納得したように、表情を輝かせた。それを聞いた通行人のカップルは、目を丸くして振り返る。

ヨモギは、ハラハラしながらその様子を眺めていた。「その通りだ」と、紳士は千牧に頷いていた。

「だが、相手を泣かせるのは本意ではないものの、新たなる刺激が欲しくなる時もある。

そういう時に、恋愛小説を読むのさ」

「れ、恋愛小説にそんな用途が……」

ヨモギは、新たなる発見に息を呑む。

「あれは、美しい恋に憧《あこが》れる青い果実達のためだけのものではない。吾輩のような、刺激を追い求める大人のためにもなるのさ」

「凄い……。爛《ただ》れた大人の読み物としても有用なんですね……」

感動のあまり、ヨモギの本心がぽろりと出てしまう。

だが、爛れた紳士は全く気にしてないようだった。

「小説は情報量が少ない分、想像力を働かせて物語に没頭することが出来るからな。時に、恋愛初心者の青少年になって、甘酸っぱい恋を体験することも可能だ」

「確かに、文字だけだから、描写がないところは自分の想像で補えますしね」

ヨモギもまた、小説を読むものとして、その気持ちは分かった。

冒険小説の主人公が少年ならば、そこに自分を重ねることが出来る。そうやって、ヨモギは見知らぬ世界を旅したり、美しい景色に出会ったり、抱えきれない金銀財宝に出会ったりしていた。

「その通り。小説の中ならば、異国の姫君と一夜過ごすことも出来るわけだ」

「甘酸っぱい恋は何処へ⁉」

どうやら紳士が挙げたのは、恋に憧れる青い果実のための本ではなさそうだ。

「一夜過ごしてどうするんだ？　ゲームでもするのか⁉」

千牧は、純粋な目をキラキラさせる。きっと、異国のお姫様と夜通し駆け回っている自分を想像していることだろう。

「ふむ。君のその視点も、個性の一つなのかもしれないな」

紳士は千牧の頭を、わしわしと撫でる。

「そのままの千牧君でいてね」

ヨモギもまた、千牧の背中をそっと撫でた。

「ど、どうしたんだよ。なんで、ふたりして俺を撫でるんだよ！」

戸惑いながらも、千牧はなされるがままだった。

千牧を一頻《ひとしき》り撫でると、紳士は改めて、ヨモギ達に向き直る。

「さて、今日のところは、吾輩は退散しようか。吾輩が訪ねるまでに、多少は恋愛小説を置いておいて欲しいものだな」

「ぜ、善処します」

ヨモギは、緊張気味に頷いた。

幸い、紳士は青春系の恋愛小説でも楽しんでくれるらしい。それならば、きつね堂にも多少あるので、纏《まと》めて置いてもいいかもしれない。

「世の中にはこれだけカップルがいるし、うちも恋愛小説に力を入れてもいいのかな」

千牧は、周囲をぐるりと見渡してそう言った。

「確かに。人は僕達が想像している以上に、恋に興味があるのかもね」

ヨモギは、新たな視点を得たような気がした。

そんなヨモギ達を見た紳士は、帽子を目深に被《かぶ》り直すと、踵《きびす》を返す。

「あっ……、その、有り難う御座いました！」

ヨモギは、紳士の背中に向かって礼を言う。

「そう言えば、お名前は――」

ヨモギの問いかけに、紳士はふと立ち止まる。

彼は振り返ることもなく、帽子を少しだけ浮かせてこう名乗った。「アスモデウス」と。

上げられた帽子の隙間からは、牛の角と羊の角が見えた気がした。ヨモギと千牧が目をゴシゴシと擦《こす》って改めて見ると、紳士の姿は消えていた。


狐に摘《つ》ままれたような気持ちで帰宅したヨモギと千牧は、どうも聞き覚えがあるアスモデウスという名前をテラに検索して貰《もら》う。

すると、聖書にも登場する有名な悪魔だということが判明した。七つの大罪では色欲を司《つかさど》るとか、羊と牛と人の頭部を持つ異形だとか、色々なことが言われていた。

「えっ、まさかの悪魔……？　えっ？」

ヨモギは、千牧と顔を見合わせる。

「うーん。だから、妙なにおいがすると思ったんだな」

「違和感は僕もあったけど、そっかぁ……」

まさか、そんな有名な悪魔に神田の街で出会うとは思わなかったが、去り際に見せた角といい、妙に落ち着いて大物じみた振る舞いといい、やけに説得力があった。

狛狐の化身も犬神も街を歩く中、悪魔や天使がいてもおかしくないとも思った。

「まあ、悪魔だろうが何だろうが、そこまで悪いひとじゃないような気もしたかな……」

「だな。異国のお姫様と、一晩中遊びたいようなやつだし」

「千牧君の遊び方と、アスモデウスさんの遊び方は、ちょっと違うかもね……」

ヨモギは思わず苦笑する。

彼の正体が何であろうと、物語を欲しているのは間違いなさそうだったので、きつね堂に訪れた時には、お客さんとして丁寧にもてなそうとヨモギは誓う。

それまでに、彼のお眼鏡に適《かな》いそうな恋愛小説を増やしておかなくては。

ヨモギと千牧は頷き合うと、まずは店内にある恋愛小説探しを始めたのであった。

Haruki Bunko
ハルキ文庫

あ 26-12

稲荷《いなり》書店《しょてん》きつね堂《どう》 アヤカシたちの奮闘記《ふんとうき》

者 蒼月海里《あおつきかいり》

2021年3月18日第一刷発行

行者 角川春樹

行所 株式会社角川春樹事務所
〒102-0074 東京都千代田区九段南2-1-30 イタリア文化会館

03(3263)5247(編集)
03(3263)5881(営業)

・製本 中央精版印刷株式会社

ーマット・デザイン 芦澤泰偉
イラストレーション 門坂 流

ISBN978-4-7584-4394-4 C0193 ©2021 Aotsuki Kairi Printed in Japan
http://www.kadokawaharuki.co.jp/［営業］
fanmail@kadokawaharuki.co.jp［編集］　ご意見・ご感想をお寄せください。